ANGEL
WAS
ALSO SAD

© S.O.L.Bianca Creation works

太阳撕开了云层，千万道金光落
下，笼罩在雷克斯的身上。尹洛雪
又看到了那双洁白的翅膀。
它飞舞着，飞舞着，飞向了
无边无际的天堂……
ANGEL WAS
ALSOSAD

NGEL
WAS
A S O S A D
一旦停止对你的想念，就会如同窒息般难受……亲爱的，难道你真的把我忘记了吗？
© SOL.Bianca Creation works

天使也曾悲伤过

CNS PUBLISHING & MEDIA
湖南文艺出版社

图书在版编目（CIP）数据

天使也曾悲伤过 / FAN小妖著. -- 长沙 ：湖南文艺出版社，2013.4
ISBN 978-7-5404-6053-2

Ⅰ. ①天… Ⅱ. ①F… Ⅲ. ①长篇小说－中国－当代 Ⅳ. ①I247.5

中国版本图书馆CIP数据核字(2013)第038743号

天使也曾悲伤过

FAN小妖 著

出 版 人：刘清华

策　　划：谢不周

责任编辑：唐明 张璐

湖南文艺出版社出版、发行

（长沙市雨花区东二环一段508号 邮编：410014）

网　　址：www.hnwy.net

湖南省新华书店经销

长沙市精宏印务有限公司印制

*

2013年4月第1版第1次印刷

开　本：660 mm × 960 mm 1/16　印　张：16

ISBN 978-7-5404-6053-2

定价：24.80元

邮购电话：0731-85983015

a n g e l w a s a l s o s a d

目录 CONTENTS

a n g e l w a s a l s o s a d

楔子
PROLOGUE
绝望的婚礼进行曲

雨依然未停。

透明的雨丝在风中交织成一片片薄纱，笼罩在远山、近树、花丛中。庄严而肃穆的瓦格纳《婚礼进行曲》穿过雨雾，从教堂里传过来。

教堂外，两根华丽的拜占庭风格圆柱边摆满了各种各样的鲜花，一群记者围在柱子旁边，不时朝紧闭的教堂大门探视。

教堂前停着一辆豪华的加长林肯，雨水落在车上溅开无数细小的水花。车头前盖上，用火红的玫瑰装饰成一颗巨大的红心，在红心的四周点缀着荷兰菊与月梅草，十分漂亮。

教堂内坐满了观礼的嘉宾，他们纷纷盛装出席，尽显一派华贵。财经界的名人、娱乐圈的艺人也都出现在了这场盛况空前的婚礼中。

炫目的闪光灯，欢快美妙的音乐，纯白的世界如同到了天堂一般，如此圣洁美丽，如梦似幻。

十字架下，艾思哲神情肃穆地将自己女儿的手递到蓝震霆手中，并深深地看了他一眼。蓝震霆点点头，将新娘的手握紧，慎重地对岳父表示自己一定不负所托。白色的头纱下隐约能看见新娘漂亮的脸蛋，她薄施粉黛，清丽脱俗，眼底清澈的水光让她显得格外楚楚动人。

教堂内一片肃静，一阵风吹过，各种名贵香水的气味在教堂里弥漫开来，令人沉醉。

艾思哲坐在观礼席第一排的位子上，眼里泛着泪光。妻子很早就去世

了，他一直觉得亏欠了他唯一的女儿，于是千般寻觅，终于为女儿寻到了满意的终身伴侣。今天，女儿终于出嫁了。他摘下眼镜，掏出手帕擦了擦泪水，然后重新戴上眼镜。

神父站在台上，将手放在圣经上，慈爱地看着英俊的新郎，庄严的声音响起来：“蓝震霆先生，你愿意娶艾丽莎女士为妻吗？”

蓝震霆挺直腰，声音清朗地说：“我愿意。”

“无论她将来贫穷或是富有，疾病或是健康，你都愿意永远和她在一起吗？”

“是的，我愿意。”蓝震霆肯定地说。

神父将目光转向新娘，问道：“艾丽莎女士，你愿意嫁给蓝震霆先生为妻吗？”

“我愿意。”艾丽莎轻声说道。

“无论他将来贫穷或是富有，疾病或是健康，你都愿意永远和他在一起吗？”

艾丽莎的眼里闪着幸福的光芒，她看了蓝震霆一眼，微笑着说：“我愿意。”

观礼席上发出一阵赞叹声，艾思哲吸了一下鼻子，再次摘下了无框眼镜，擦掉眼泪。

“请新郎新娘交换结婚戒指。”

在众人的注视下，这对新人互换了戒指。

“好了，新郎，你可以吻你的新娘了。”神父微笑着说道。

蓝震霆微微一笑，揭开艾丽莎头上的白色面纱，亲吻了一下她的额头。

两个如同天使般的小花童走过来，将玫瑰花瓣撒在他们身上，众人起身欢呼鼓掌。

这时，教堂的门打开了，清凉的雨丝扑了进来。

“结婚了！结婚了！”小孩们大声欢呼着朝教堂外跑去。

蓝震霆在众人的欢呼声中抱起艾丽莎，走向教堂门口。

等待已久的记者看到教堂大门打开了，便蜂拥而入，但他们的目标不是新郎和新娘，而是走在人群中的艾思哲。他们举起话筒，在艾思哲身边围成一圈。

“艾先生，恭喜您，您唯一的女儿终于出嫁了。今年六十五岁的您是不是打算退出艾特丽集团的决策组呢？”

“艾先生，您为女儿千挑万选，怎么最后会选择一个没有任何背景的职员当您的女婿呢？”

“艾先生……”越来越多的记者围了上来。

“请让一让，谢谢！”管家冷着脸挡住记者，却被艾思哲阻止了。他一改往日冷漠的态度，对媒体记者微笑着，并吩咐助手拿了一些小礼品送给他们。

“我喜欢踏踏实实做事的人。我不会计较被我选定的人的财产与背景，只会看重他们的人品和潜力。况且，丽莎很爱震霆，震霆也很爱丽莎，两人真心相爱才是最重要的。”艾思哲语重心长地说道，“至于我会不会退休，以后大家就知道了。”

意外得到礼物又听到了这席话，这群记者发出不少感叹声。当几位八卦的记者还想继续提问时，几个助手拦住了他们。

艾思哲朝被拦住的记者点点头表示歉意，然后走到新郎和新娘的身边，在一旁看着这对新人在闪光灯下接受亲朋好友的祝福以及合影，他脸上的笑意越来越浓，可是他们完全没有注意到——

在教堂对面街道上的一棵梧桐树后，有一双眼睛正一眨不眨地注视着这对笑得十分甜蜜的新人。那是一双充满哀戚、痛苦、绝望和悲伤，退去了活力与生机的眼睛。那道目光仿佛在蓝震霆的身上扎了根，贪婪地捕捉着他的每一个表情。

当拍完照的蓝震霆将艾丽莎抱入车中时，这双眼睛的主人朝前迈了几步，想要冲过去，但她的脚最终还是没有迈出去。

雨伞被风吹走了，越来越大的冰冷的雨水打在她的肩上，她毫无觉察；越来越大的冰冷的雨水打在她如圆球般凸起的肚子上，她也毫无察觉；手机不停地响着，屏幕上“哥哥”两个字疯狂地闪动着，她还是毫无察觉。

她只是痴痴地望着远处的林肯车，望着车旁穿着华贵的礼服、面容俊美的新郎，仿佛灵魂已经随之飞走了一般。

车门关上了。

车头那巨大的红色玫瑰抖动了一下，像一颗巨大的红色炸弹投在她的心上。

车子开走了，宾客们也坐在一辆辆名贵的轿车上跟着婚车一同离去。教

堂的四周冷清下来，满地的花瓣被雨水浸湿，被无数双鞋子踩烂，仿佛那些不仅仅是花瓣，而是她此刻支离破碎的心。

罗若涵慢慢地走向教堂，她忘记了肚子里的小生命，忘记了四周的一切，整个人暴露在雨中。雨水拍打着她的头发，流入她的脖颈，她依然如同行尸走肉般行走着，就像在梦游一样。

他结婚了……

他结婚了！

他抛下她，抛下她肚子里六个月大的孩子，和别人，和富家千金结婚了！

罗若涵猛地从噩梦中惊醒，一阵撕心裂肺的疼痛瞬间席卷她的全身。她捂着胸口，剧烈地咳嗽一声，鲜血从她的嘴角流出来，她的肚子跟着一阵剧痛。她双膝一软，双手撑着地跪坐在冰冷的地上，鲜红的血顺着她的大腿流淌下来。

“啊——”

惊慌失措的罗若涵尖叫一声，抓起那不停闪动的手机。

“若涵，你在哪里？你是不是去教堂了？快告诉我，你在哪里？”一个男人在电话那头疯狂地叫喊着，可是罗若涵还没来得及说话，就一头栽倒在地上。

第一章 CHAPTER 01 雷克斯式笑容

（1）

二十四年后。

国际机场的广播里不停地播报着各航班的情况，各种行李箱的轮子在大理石地板上发出轻而空旷的声音。接机口围着大批接机者，所有人都严阵以待、屏息守候。

数百个女生高举着海报、灯牌、鲜花和礼物，洋溢着青春的脸上时而露出焦急的表情，时而又露出喜悦的表情。二十多家媒体的记者双手举着相机夹在她们中间，随时准备拍照。大家都在等待一位非常重要的人物。

机场保安组出动了全部人员，他们背对着通道，站在人群与圆柱栏杆之间，表情十分严肃。虽然这不是他们第一次执行保安任务，但如此多的接机者还是让他们提高了警惕。

他们打量着对面的女生们，目光落在她们手中的海报上。每张海报上都是同一个男子，他长相俊美，眼睛凝视着镜头外，他的嘴角勾起一抹微笑，如同五月和煦的清风一般充满了朝气。

“人气真旺啊！居然来了这么多人接机。如果不是他改走普通通道，我们也不会被挤得这么没形象了。”莫小小皱着眉头，一只手费力地拿着相机，另一只手拿着一个方形的礼盒，看上去有点沮丧，“看来这份礼物今天是送不出去了。”

"我早就提醒过你了。"尹洛雪没有回头，眼睛一眨不眨地望着通道出口处，"以后采访他的机会多的是，你干吗不晚点再送啊？"

"亲爱的，今天可是雷克斯第一次回国啊！他游学那么久，好不容易等到他回来了，我当然要准备礼物表达我对他的爱啊。"莫小小无比认真地说道，那痴迷的表情好像即将出现的人是她相爱多年的恋人一般。

"拜托，你是一个娱乐记者，有点专业素养好不好！你现在是在工作，不是追星。"尹洛雪有些无奈地说道。

莫小小正准备为自己辩解，广播里突然响起一个好听的女声："女士们，先生们，由英国飞往首尔的T次航班已经抵达。"

听到这句话，等待已久的女生们发出喜悦的尖叫声，人群开始骚动起来。莫小小将相机换到另一只手上，右手飞快地梳理着刘海。尹洛雪咬紧下唇，握紧了相机，踮着脚尖看着通道出口，摄影师扛着机器站在她身后，随时准备开工。

一双双隐秘的手开始发力，将人群推向栏杆，保安们张开双臂奋力阻挡这如同潮水般的人流。通道出口处，乘客们相继走出来，望着疯狂的人群交头接耳。一些乘客认出了海报上的人，指着海报说："他和我们是一趟航班，还在拿行李，就要出来了。"

听到这个消息，人群中又爆发出一阵尖叫声。

时间一分一秒地流逝，想一睹雷克斯尊容的路人越来越多，大家的呼吸也越来越急促。

“啊！雷克斯！”突然，一个尖锐的喊声响起来。

出口出现了几个身影，正中间那个戴着黑色贝雷帽的高大男子，身穿黑色铆钉骷髅长袖T恤，灰色牛仔裤，背着赭石色的双肩铆钉背包，一身简单却不失帅气的装扮为沸腾的机场增添了耀眼的亮点。

雷克斯双手合十放在唇边，一边朝大家微微点头打招呼，一边朝通道走来，两个助理和经纪人模样的人推着行李箱跟在他的左右。

“雷克斯！雷克斯！雷克斯！”

接机口外的女生们开始尖叫起来，激动的泪水从她们的眼角滑落下来。尖叫声、呼喊声，阵阵高昂，像洪水在狂呼着要冲垮堤坝似的。铜柱栏杆像是突然变成了巨大的磁铁，拼命吸引着如同铁砂般的人群。保安们用尽全力顽强抵抗着，他们的额头上冒出了细密的汗珠。

镁光灯不断闪烁着，映照着雷克斯俊美的脸庞上。雷克斯举起右手向大家挥手致意，虽然他戴着黑色的镂空口罩，但是从他那双呈月牙状的眼睛可以感受到他口罩下如春风般的笑容，好似紫丁花香沁入每个人的心脾。

莫小小不停地按着快门，捕捉着雷克斯每一个细微的动作。可是尹洛雪的心思不在雷克斯的身上，她有些不安地握紧手中的相机，目光在众多乘客中仔细搜索着。

粉丝们将手伸出栏杆，挥舞着礼物与鲜花。雷克斯微笑着接过她们的礼物，这种亲民的态度让路人都大声赞好。见状，莫小小放下相机，将用蓝色丝带扎好的巧克力盒高高举起，大声喊着雷克斯的名字。

雷克斯的怀中早已堆满了礼物，无法腾出手去接莫小小的巧克力。助理打算帮雷克斯接过来，没想到他向前一步走到莫小小的面前，朝自己怀里点了点头，说道："你放在这里吧。"

"啊——"雷克斯的贴心举动引来一群粉丝感动地狂叫。

莫小小欣喜若狂地将巧克力放在那堆礼物的顶端，一旁的尹洛雪露出替好友开心的笑容。这礼物可是莫小小花了一个星期才准备好的，为了做这个巧克力的材料，她陪莫小小跑遍全市才买到最好的。

"这……这个巧克力……是我自己做的，希望……希望你会喜欢。"莫小小没想到可以这么顺利把礼物送给雷克斯，激动得声音都有些颤抖了。

雷克斯微笑着对莫小小点点头，柔声说道："谢谢，我一定会仔细品尝的。"

（2）

在保安的保护下，雷克斯继续朝前走，人群也跟着他的脚步移动。

这趟航班的乘客走得差不多了，可是尹洛雪等的人还没出现，她的心开始一点点地往下沉。就在她准备放弃的时候，贵宾通道口的门开了。尹洛雪转过头，瞪大了眼睛，一声"糟糕"脱口而出。随即，她意识到自己刚才犯了常识性的错误，她要采访的对象绝对不可能出现在普通通道口。

"走！"她朝摄影师下达指示，自己先一步飞奔到贵宾通道前，向保安

出示记者证，顺利进入隔离带。

“蓝震霆先生，请等一下！”她大声喊道，朝一个年近五十的男人奔去。

蓝震霆没想到今天低调回国还是被人发现了，他抬起头扫了尹洛雪和她背后的摄影师一眼，立刻加快了脚步。四个戴着无线耳机的黑衣保镖“唰”地一下围在蓝震霆的身边，警惕地盯着护栏外的尹洛雪。

“蓝震霆先生，我是《民和日报》的记者。我想对您做一个简单的采访。”尹洛雪隔着护栏，将长长的话筒递到蓝震霆的面前，并跟着蓝震霆疾步快走，摄影师也迅速将镜头对准他。

“有关贵公司生产的‘艾丽儿’美白系列化妆品含致癌物一事……”

“不好意思，蓝先生现在不方便接受访问！”尹洛雪的话还没说完，其中两个保镖走了过来，双手用力一挥，尹洛雪手中的话筒一下子飞了出去。为了躲开话筒的摄影师打了个趔趄，朝后退了几步，摔倒在地上，摄像机撞在栏杆上发出很大的声响。

贵宾通道处的骚动引来众人的注视，不想多事的助理示意雷克斯赶紧离开，可是没想到雷克斯反而停住脚步转过头。粉丝们顺着雷克斯的目光望过去，狂热的尖叫声顿时消失了。

“天啊，洛雪……”站在雷克斯粉丝群里的莫小小看到这一幕，低呼一声，但是马上捂住了嘴。

雷克斯扫了莫小小一眼后，将目光落在尹洛雪身上。

蓝震霆并没有因为这场骚动而停下脚步，他目不斜视地继续朝出口走去，仿佛对周遭发生的一切浑然不知。

尹洛雪咬了咬嘴唇，捡起话筒追上去，在出口处再次拦住了蓝震霆。因为摄影师还没跟过来，话筒变成了废品，于是她迅速地将备用的录音笔递到蓝震霆面前。

“蓝震霆先生，你们公司旗下的品牌‘艾丽儿’系列美白产品，在这次全国化妆品质量检测中被检测出邻苯二甲酸酯严重超标。对于这种危害人体健康的化学物质在贵公司的新产品中严重超标，您有什么看法？”

面对越来越多围观的路人，蓝震霆被迫正视尹洛雪毫不畏惧的眼神。他紧抿的嘴唇微微勾起，说道：“我们太有缘分了，尹洛雪小姐，我们总是能碰面。”蓝震霆的眼里迸射出一道冷光。

“请您回答我的问题。”尹洛雪的声音平静而充满了力量。

“这只是一个小小的误会，我会向大家解释的……就在最近，可能会召开记者招待会。到时候一定请您来，您看怎么样？”蓝震霆十分礼貌地说道，语气充满了谦恭。

“此话您已经说过很多遍了，希望您现在就可以给广大消费者一个合理的解释。”尹洛雪毫不让步，再次逼问，“这次致癌物事件您打算如何处理？”

听到这话，蓝震霆的笑脸立刻垮下去，他朝保镖示意，四位高大的保镖立刻拦在尹洛雪面前。

“蓝震霆先生，蓝震霆先生……”尹洛雪大声喊着准备去追蓝震霆，可是两只强壮有力的手紧紧地抓住她的胳膊，让她无法动弹。收拾好摄像机残骸的摄影师跑来，想帮她解围，却被另外两名保镖困住了。

看着尹洛雪孤军奋战，莫小小气得瞪大双眼，打算挤出人群去帮忙，没想到一个身影抢在她之前走到了对面。所有人都愣在了原地，有些不解地注视着雷克斯。

雷克斯拍了拍其中一个保镖的肩膀，对方转过头，怒目而视。众人屏息凝视，一些女生更是吓得捂住了眼睛，生怕雷克斯的俊脸惨遭毒手。

“你们的老板已经走远了。”雷克斯依然保持笑容，越过保镖的肩膀望着几米外的蓝震霆，“不去追吗？”

听到他的声音，蓝震霆回过头来，恰巧与雷克斯目光相撞。雷克斯的眼里冒起一股蓝色的火苗，冰冷与炙热相交，可冻人致死，亦可焚人至灭。可是蓝震霆并未注意到这道目光，而是脸色阴沉地看着尹洛雪。

“保镖不是应该时刻陪在老板身边吗？”雷克斯收回目光，眼中那股蓝色火焰消失了。

保镖们互望几眼，看了看庞大的粉丝群。为首的保镖盯着雷克斯，迟疑了几秒钟，松开了抓着尹洛雪的手。

“走。”他简短地命令道，另外三人跟着他一起快步离开了。

“洛雪，你还好吧？”莫小小冲过来扶着尹洛雪，担心地问道。

尹洛雪的脸色有些苍白，她揉了揉被抓得通红的手臂，点了点头。

粉丝们围了过来，雷克斯的助理一脸焦急的神色，扯着他的衣服示意他马上离开。

“那个……“”尹洛雪感激地看着雷克斯，“谢谢你帮忙。”

“没事就好。”雷克斯笑容依旧，语气里透着关切，“还需要帮忙吗？”

“不，不需要了。谢谢你，真的……”尹洛雪抚着额头，缓了缓神，等她抬起头时，雷克斯已经走远了。她愣愣地望着雷克斯离去的背影，喃喃地说完后半句，“很感谢你，雷克斯……”

（3）

虽然是五月，风已经退去了寒意。

雷克斯将车窗摇下来，看着车窗外一闪而过的景物。

车上的广播正在播放新闻，男播音员的声音快速有力：“日前，世界顶尖化妆品制造艾特丽集团创始人兼董事会主席艾思哲对外界宣布半年后正式退休，并将继承人之位交给艾特丽集团的事务总裁蓝震霆，为了此事，艾特丽集团将不日举办盛大晚宴庆贺。自从二十四年前，蓝震霆成为艾思哲的乘龙快婿后，地位节节高升，从新品研发到最高领导层，业绩也颇得岳父艾思哲的认可……

“把广播关了吧，太吵了。”雷克斯淡淡的语气下隐藏着不悦。

司机从后视镜里扫了他一眼，飞快地关掉广播，男播音员的声音戛然而止，车内陷入一片寂静。

雷克斯盯着车窗外，这条熟悉的街道变了，一年前，这里还没有这么多成排的高楼。只在英国游学一年，却似乎过了很久。自从十八岁那年冬日，在百合山山腰听到罗威那番陈述后，他的时间就开始过得很慢。

“你要为你妈妈报仇，雷克斯。”

在英国的每一天，那番谈话的结束语从来没有忘记过。

每当夜晚来临，他孤身一人躺在公寓的床上，听着细雨敲打窗户，这句话就如同鬼魅般回响在他的耳边。他经常枕着双臂面朝天花板，睁大眼睛，注视着黑暗的世界。

报仇！一想到这两字，雷克斯手腕内侧的血管就一根根突起，大脑一阵阵狂躁。

黑暗中，他看到一个柔弱的女人坐在花园的摇椅上，柔软的卷发从她的脸颊两边垂下来。她双手放着凸起的小腹上，小心翼翼地抚摸着。

阳光照在她的侧脸上，她在微笑。可是那道阳光突然消失了，花园也不见了。那个柔弱的女人躺在阴冷的楼梯下，痛苦地抽搐着，鲜血流过她白皙的胳膊和腿，染红了她的衣裙。她的眼睛睁得很大，发出一阵惨叫。

楼梯上方，暗处站着一个女人。他看不清她的五官，却能听到她凄厉的笑声。

“是她把你妈妈推下楼的，一个女人狠毒起来真令人害怕！”

“就在你出生的那一刻，你妈妈离开了我们。”

“雷克斯先生，我们直接去公司吗？”司机突然发问。

雷克斯回过神来，收回目光，关上车窗，被风吹得乱舞的头发立刻安静下来。

“不，先回别墅。”雷克斯倚靠着车窗，将脸贴在玻璃上，这是他一直以来的习惯。

他喜欢在车子行驶的时候看着车窗外，看那些高大的行道树，看那些琳琅满目的商铺、路边的行人，还有街灯。他总觉得那是另外一个世界，在那个世界里，人们都满脸笑容地逛街、吃冰激凌、查看地图、进行未知的旅行。

可是现实中，他的世界一切都稳妥安逸，像用精密仪器规划好的建筑图，一砖一瓦的位置早有安排。小学、初中、高中都被送进了贵族学校，唯有大学是他自己选择的。

那年，在强烈的反抗下，他终于取得仁河艺术大学声乐系的报考资格，那也是他长那么大唯一一次反抗，他知道那件事伤了罗威的心。

“我都是为了你好，雷克斯。我为你选择的路是最适合你的，是能让你取得最大成功的。”罗威不解也很不满。

“我知道，但是我不得不这么做。我太爱音乐了，我真的……很抱歉，这是我第一次对你提出要求，请你答应我，我保证以后任何事都会听你的。”

除了让他放弃音乐，其他任何事他都会按照罗威说的去做。

整整两个星期，罗威对雷克斯不理不睬，完全漠视，但雷克斯并未退缩。最终，他的坚持得到了胜利，但似乎从那时起，他和罗威的关系有了一些变化。即使他从小到大和罗威之间的关系并不是十分亲密，但依然保持良好的沟通，可是这件事让他们之间产生了某种隔阂。

他不说，罗威也不说。对于他们之间出现的裂缝，他们都心照不宣地保持沉默，但随后的一番谈话便将这道缝隙填满了。那是他十八岁生日那天，他被带到了百合山，得知了自己的身世……

雷克斯晃了晃头，这些回忆令他有些不舒服。

他将脸从玻璃前挪开，捧起旁边的一束红色蔷薇。蔷薇花恣意绽开，花蕊上还有几颗晶莹透明的水珠，在阳光下闪闪发光。他将鼻子探到花瓣尖端，轻轻地蹭了蹭，闭上眼睛闻着淡淡的香味。

“妈妈……”他的声音小得只有他自己听到。

灰蓝色的英菲迪尼如同箭一般飞过，留下一道灰蓝色的长影。

二十分钟后，英菲迪尼停在一栋白色欧式风格的别墅前。灰色房顶的右侧边缘有一个烟囱，烟囱顶端站着一只暗绿色的绣眼鸟。车还未熄火，别墅的门便打开了，一个矮胖的老妇人快步走了出来。

绣眼鸟振翅飞进了树丛，停在一棵枫树的树枝上。雷克斯朝石子小径后方望去，当他看到花篱上生长旺盛的蔷薇时，一抹笑容浮现在他的脸上。

十八岁那年夏天，这丛花篱还只是几根简单的粗木树枝，但经过他逐年完善，已经成为一道一米多高的蔷薇墙了。看来他不在的日子里，蔷薇花篱一直有人细心照顾。这是妈妈最喜欢的花，是罗威告诉他的，他一直记得。除了今年，每年送给妈妈的花都是从这花篱上采摘的。

老妇人走到车前，将目光落在雷克斯身上。雷克斯收回目光，摇下车窗，疑惑地看着对方。

“您是雷克斯少爷吧？”妇人恭敬地问，“我叫玛丽，是这里的厨师。”

“您好，玛丽婆婆。”很多事罗威都从不对他提起，这点雷克斯并不意外。

雷克斯伸出手，玛丽吓了一跳。她在这里工作了将近一年，整日与板着脸的主人相处，从未想到这个家里还会有如此温柔有礼的成员。

玛丽将手在雪白的围裙上飞快地擦了几下，拘谨地握住雷克斯的手，恭敬地说道：“主人走时让我转告您一声，要是您回来了就去百合山找他，他在那里等着您。”

“谢谢您，玛丽婆婆。”雷克斯吩咐司机开车，摇起车窗时，发现玛丽正呆呆地看着自己，于是他将头探出车窗问，“玛丽婆婆，您能答应我一件

事吗？”

“好，好的。少爷，当然可以。”玛丽毕恭毕敬地应道。

雷克斯温和一笑，说道：“以后别叫我‘少爷’，也别称我为‘您’，就叫我的名字好吗？”

玛丽惊诧地看着雷克斯，皱纹随之舒展开来。

“那个……您会做泡菜吗？”雷克斯继续问道。

“当然会。”玛丽使劲地点了点头。

“我喜欢吃泡菜，您能在准备晚餐的时候帮我做一点吗？多放点萝卜。”雷克斯像小孩子似的要求道。

“当然没问题，少爷……哦，不，雷……雷克斯。”

两人同时笑了，玛丽不好意思地在围裙上擦了擦手。

“那晚上见。”雷克斯摆了摆手，摇上车窗。

玛丽望着车子离去的背影，直到看不见了才收回视线。

树上，绣眼鸟放声歌唱，清脆动听。玛丽抬起头看了一眼，往地上的圆盘里撒下一把苹果粒。绣眼鸟扑棱着翅膀飞下来，将嘴伸进盘中啄食。

“多么可爱的小东西啊。”玛丽愉快地转过身回了别墅。

（4）

百合山并不是一座山，而是一连串山脉的总称，距离市内有十二公里之远，名为“百合”，但整片山脉不见一株百合，倒是长满了碧绿的玉簪。

雷克斯从未问过为什么会取名“百合”，虽然他很想知道，但是在他家，第一条行事准则就是不准随便提问。

雷克斯不记得自己第一次上百合山是什么时候了，从他记事开始，百合山便成了他生活中的一部分。有一段记忆十分清晰，因为那天他被告知他有了名字。

那是一个冬天，百合山上覆满了白雪。他在雪上留下一串脚印，仿佛一个个音符，拼凑不成一支完整的曲子。

那天百合山异常宁静，他和罗威从山腰的一道铁门走进去，走进百合谷。成排的青色墓碑静默林立，有的墓碑前放着已经干枯的花束，与墓碑一样覆满了白雪。其中一块墓碑格外醒目，干净得仿佛刚从石匠那里运来一样。后来他知道墓园管理者收了罗威的钱，隔天就会来清扫墓碑。

罗威蹲下身，放下一束火红的蔷薇。他红着眼眶，伸出戴着黑皮手套的手，抚摸着墓碑上的照片。那是一位年轻的女子，她脸庞清秀，眼神温柔。

这是他的妈妈，可惜他无缘见她一面，她的声音、行为举止只能通过他的想象得知。如果她还活着，她一定会是世上最温柔的妈妈。虽然雷克斯只有几张为数不多的照片，但是从她的眼神中可以感受到她的爱。

“我想好你的名字了。你已经四岁了，总得有个名字。”墓碑边半蹲的男人背对着他，带着浓重的鼻音说道，“以后你就叫雷克斯吧。”

他迟疑了一会，点了点头。

在这之前他是没有名字的，他总是被喊“喂”或者“你这孩子”。现在他有名字了，虽然不懂是什么意思，也不敢问，但是他很高兴。

冬日的阳光十分温暖，透过被白雪覆盖的槐树和红松，照射到百合谷中。年幼的雷克斯鼻尖通红，透过呼出的白气看着墓碑前背对着他的男人，突然有点难过。如果妈妈还活着，也许会对这个名字做出一番评价，告诉他是否好听。

这个名字跟随了他十九年。大学二年级，他参加亚洲排名前十的唱片公司ET公司全国新人选秀时，其中一位评委，也是后来他第一张唱片的音乐总监，笑着亮出当场的最高分，并且指着他说：“雷克斯，我喜欢你这个名字。”

一直到现在，他都觉得这是一个不错的名字。

二

英菲迪尼停在了山脚下的车库里，司机在那里等着，雷克斯独自上了山。

玉簪伸展开碧绿的心形叶片，发出嫩芽。树丛下冒出一丛丛绿草与细嫩的黄色野花。雷克斯沿着盘山小路走到山腰，空气中不断飘来清新的草木芬芳。半山腰有一块足足十公顷的平原，市长采纳多方意见，最终将这片净土变成了安宁的“百合谷墓园”，这里一年四季都有人看守。

雷克斯穿过铁门，沿着石子小路走进去，在第一棵红松旁边向左拐，踏上一片绿油油的新草斜坡，越过斜坡后的玫瑰丛，便到达了终点。

玫瑰丛尽头的一块墓碑前，一个男人半蹲着，两鬓已白，眼角的皱纹更深了。他的右手搭在墓碑上，仿佛搭在对方的肩膀上愉快地聊着天。那是他的舅舅罗威，一位声名远扬的试管婴儿专家。

“罗威。”雷克斯本不想打搅他，可是罗威已经看到他了。

罗威站起来用力拍了拍他的肩膀，算是打了声招呼。

雷克斯将红色蔷薇放在墓碑前，面对墓碑说：“妈妈，我回来了。”

“蓝震霆要成为艾特丽集团的继承人了，你听说这个消息了吗？”罗威问道。

“听说了。”雷克斯回答道。

虽然不期待罗威会热情地欢迎他回家，但是一年未见，雷克斯依然希望见面后可以谈些其他的事情。不过一切不出意料，他的舅舅就是这副样子，不苟言笑，像一个严厉的导师对待新晋的研究生。这是舅舅性格的古怪之处，包括从不让雷克斯称他为“舅舅”，而是直接喊他的名字一样，雷克斯已经习惯成自然了。

“贪婪虚伪的人总是不择手段，想尽一切办法越爬越高。”罗威踏上返途，踩了几只匆匆经过玫瑰丛的蚂蚁，回过头看着雷克斯说，“你的父亲就是这种人，哼！”

雷克斯不知道该说什么，一方面，他无法对自己的父亲做出评价；另一方面，他的脑中也在飞快地思考解决方案。

复仇——他们进行了很久的一次危险的行动。

这个计划复杂而漫长，他们需要做好万无一失的准备，因为想要彻底扳倒庞大的艾特丽集团绝对不是一件轻松的事。蓝震霆——他的亲生父亲，他从未曾谋面的父亲，他要做的就是让他身败名裂，一无所有。

“蓝震霆本该和若涵结婚的，若涵连婚纱都准备好了。她那么开心地准备着一切，订了鲜花，设计好了请帖，还满怀憧憬地写好婚礼邀请函，可是那个浑蛋……你那该死的父亲突然宣布分手，那时你妈妈已经怀你六个月了！”

十八岁那年，雷克斯临上大学的前一天，在安静的客厅里，罗威对他道出了一段他从来都不知道的往事。同一天，他得知自己的父亲并不是从小被告知的在一场车祸中离世，他的父亲依然健在，并且活得很风光。他抛弃了怀孕六个月的妈妈，娶了富家千金。眼下，他风头正劲，而且马上就会成为世界顶尖化妆品公司艾特丽集团的掌权人。

他背叛了爱情，出卖了灵魂，将深爱他的女人和未出世的儿子抛弃在黑暗的绝望中，得到了他渴望的一切。

“我们需要加快行动了。”罗威脸色阴沉地说道，“你在英国怎么样？顺利吗？”

听到罗威的话，雷克斯回过神来，发现自己的拳头紧握，似乎在扼杀空气中浮现出的仇敌的幻影。

“一切都按您说的那样发展，我和蓝轩逸顺利结为好友，他在英国伯明翰学院读企业形象管理课程。”

“嗯，好的开始是成功的一半。”罗威满意地点了点头。

“罗威……”雷克斯欲言又止。

罗威停住脚步，看向他的目光充满了疑惑。

“你为什么非要我接近蓝轩逸？我是说，我们的计划没有蓝轩逸也可以完成。”

“到时候你自然会知道的。”罗威深藏不露的样子让雷克斯怎么都揣测不出他背后隐藏的秘密。

“可是……”

雷克斯还想问什么，罗威盯着他的目光瞬间变得严厉起来。

“我们家的规矩是少开口问问题，你该不会忘了吧？”

“罗威，我已经成年了，我觉得我有权知道。”雷克斯在原地站定，望着自己的舅舅。

两人的目光在半空中交接，阳光刺目，啾啾的鸟鸣声衬得四周异常安静。

“毕竟蓝轩逸是蓝震霆的儿子，某种关系上，他也算是我的半个……”

“弟弟”两个字卡在雷克斯的喉咙里。

“真有趣。”罗威眯了眯眼睛，上下打量着雷克斯，冷冷地说，“你在英国这一年变了。”

“我没有。”雷克斯说道。

“那你为什么执意要询问蓝轩逸在计划中的位置？”罗威咄咄逼人，目光变得危险起来，“是友情感动了你吗，雷克斯？你打算保护朋友？哦，我忘了，蓝轩逸比朋友更亲近，他算是你半个弟弟。你要顾念亲情去做一个好哥哥是不是？”

“不是这样的，罗威。我……我没有。”雷克斯立刻否认道。

“你有！”罗威狠狠地瞪着他。

“我没有！”雷克斯吼道。

几只小鸟吓得振翅飞走了，引得树叶沙沙作响。

两人看着对方的眼睛，气氛顿时陷入一阵死寂的沉默中。

罗威的眼里有某种可怕的火焰正在蹿起，因为愤怒，他气得脸色泛白，嘴唇微微颤抖着。

“别这样，罗威。你知道我不是这个意思。”雷克斯降低了音量，语气中带着一丝恳求，“你不应该怀疑我，你明知道我恨蓝震霆不比你少。除了你和妈妈，我的生命里不会再有其他亲人了。”雷克斯坦然地直视着罗威。

罗威移开视线，望向他妹妹的墓碑，又看了看雷克斯，激动的情绪渐渐消失。是他反应过激了，他告诉自己，他需要冷静。

“该告诉你的时候，我自然会告诉你。”罗威不再咄咄逼人，“你只要明白这一点，是蓝震霆在你母亲怀你的时候抛弃了她，而那个千金小姐艾丽莎找你母亲的麻烦时将她推下楼，导致她早产，害她去世。”罗威望着草坪上的墓碑，默默地凝视着照片上那张灿烂的笑脸，声音变得很低沉。

“如果你明白我们的生活变成这样是谁的错，那你就老老实实听我的安排。为了这个计划，我已经准备了二十多年。”罗威看着雷克斯，一字一顿地说，“比你的年龄还长。”

“我知道。”雷克斯走过来，轻轻地握住罗威冰凉而僵硬的手，望着脚边的玫瑰花丛，一脸内疚的表情，“对不起，罗威。”

听到他的话，罗威心里一颤，脸上飞快地掠过一丝古怪的神情。

“不，该道歉的人不是你，雷克斯。”罗威叹了一口气，“关于你接近蓝轩逸的事情，我们的讨论到此结束。听说艾特丽集团通过经纪人邀请你去捧场是吗？”

“是的，他们希望我担任他们化妆品的代言人，打算借这次宴会让我和他们好好聊一聊。”雷克斯顿时变得兴奋起来，希望将这个有关自己可以接近艾特丽集团的消息一字不漏地告诉罗威，来弥补刚才惹他生气的过错。

“晚宴上你盯着蓝震霆一点，最好将艾丽莎的样子记在脑海里。我给你的照片可能和本人有些差异，有些人长得不好看，却有一颗美丽善良的心；而有的人空有一张美丽的脸，内心却十分恶毒。你一定要牢牢记住她的样子。”

“好的。”雷克斯很想知道艾丽莎属于哪一种，是不是真的如罗威说的那样，是一个恶毒的蛇蝎美人。

罗威拍了拍雷克斯的肩膀，不再说话，径直朝墓园外走去。

雷克斯看了看舅舅有些疲惫的背影，随即跟了上去。

风势稍大了一些，摇撼着成片的红松和杨槐，一阵阵沙沙声不断传来，仿佛夜间冲上沙滩的海浪，不停不息。

（5）

艾特丽国际大厦。

蓝轩逸费了很大劲才从总裁秘书的极力阻拦中挣脱出来，推开总裁办公室厚重的门。

“对不起，总裁，蓝部长……”秘书站在蓝轩逸身后，惶恐地解释着。

办公桌后的蓝震霆举起右手挥了挥，秘书瞟了一眼神色愤怒的蓝轩逸，退了出去。

“轩逸，你也不小了，办事不能总这样急躁。”蓝震霆不悦地看着儿子。

“爸，您准备什么时候把‘艾丽儿’系列产品下架？”蓝轩逸直接进入正题。

蓝震霆眉毛一挑，说道：“我不明白你的意思。”

“这些您应该明白吧？”蓝轩逸将一个文件夹重重地放在办公桌上，透过透明塑料包装皮隐约可以看到几个黑字——“‘艾丽儿’检测报告”。

“这个文件你是从哪里得来的？”

蓝震霆的脸色变了变，伸出手去拿文件夹。文件夹却被蓝轩逸抽了回

去："爸，你明知道这是违法的，为什么还要这样做？现在撤回产品还来得及，我们做好善后，就不会影响公司的名誉了。"

"善后？什么善后？"蓝震霆没等蓝轩逸开口，继续说道，"公开这份资料？在报上刊登道歉信说'我们错了，保证以后不会再犯'，然后让那些得意扬扬的女人们拿着巨额赔款去购买其他公司的化妆品？轩逸，你动动脑子，这是商业，是市场问题，不光只有我们在化妆品中加了添加剂！"蓝震霆站起来，绕过桌子，从墙壁嵌入式书橱中抽出一本厚厚的册子，"啪"的一声扔在桌上，"看，这是去年全球化妆品销量的排行榜，排在前十名的品牌中有七种是美白产品。而在这七种美白产品中，你和这些品牌的管理者都吃过饭，就是那些提着名包，戴着名表，穿着名贵高跟鞋，自认为很有成就的人。你知道他们的品牌广告词是什么吗？"

蓝震霆张开双臂，露出夸张的笑容，说道："哦，来自天然，绝对绿色，萃取植物精华等等，能说出一大堆好处，只差说它们能返老还童了。你在餐桌上又听到这些管理者在说什么？"

"他们……谈论很平常的话题。"蓝轩逸如实答道，他不懂父亲要做什么。

"对！他们并不谈论这些，因为什么？"蓝震霆走上前，逼视着蓝轩逸，"因为没什么可谈的，答案就是这么简单。"蓝震霆举起双手，一只手假装捏住试管晃了晃，"一点甘油……"另一只手也同样晃了晃，"加一点香精和化学剂……"两手靠拢做倾倒状，将"试管"中的液体汇聚在正中间

的“盒子”里。

“这就成了，这就是我们的纯天然超绿色润肤霜！”蓝震霆指着空空的红木桌面，那里只有阳光反射出的有些刺目的白光，“大部分公司都是这么干的。”

“不，不是这样的，爸爸。”蓝轩逸呢喃着盯着桌面，似乎真的看到了那包装华丽的盒子。

“你以为艾特丽集团的化妆品生意是怎么做起来的？你以为我这么多年冒着中毒的危险，天天钻进化学试验室是在做什么？在给你发明新型汽水？孩子，你已经二十三岁，是个成年人了，睁大眼睛看看这个现实的世界好不好？别把校园里那些学生气带到工作中来。这就是真实的生活，你得学会拥抱它，而不是抵抗。再说了，我们做错什么了吗？全世界每天出产成千上亿的保湿水、润肤霜、面膜、香水……人们喜欢它们，喜欢美的东西。我们是给人送去美丽，我们做的这一切只是为了让大家更有魅力。消费者用了我们的化妆品，皮肤变白了，变嫩了，心情愉悦，这就是我们的功劳。”

听着蓝震霆滔滔不绝的一番话，蓝轩逸目瞪口呆，思绪纷乱。他想到的结果并不是这样，他没想到父亲会如实坦白这一切。

“不，爸爸，你疯了。你知道‘艾丽儿’中查出了什么超标物质吗？邻苯二甲酸酯。”蓝轩逸义愤填膺地说道，“你知道这东西的危害性吗？它伤害人的身体，甚至影响生育能力！这种物质……”

“我不需要知道。”蓝震霆冷冷地打断了他的话，“该说的我都说了，该解释的也都解释了，你执迷不悟，那是你的问题。”

“我要去告诉外公。这是外公一手创办的公司，是他的心血和生命，他一定不希望自己的公司变成一个‘杀人工厂’！””蓝轩逸脱口而出。

蓝震霆脸色一变，双手撑在桌上，仿佛野兽似的低声咆哮：“闭嘴，蓝轩逸！你马上给我闭嘴！”

“不，爸爸，除非你答应我马上撤掉‘艾丽儿’。”蓝轩逸的目光落在手中的文件夹上。

“如果我不呢？”蓝震霆一脸阴险地笑道，“你可以公布出去，但是在你公布的同时，你外公的心血也就完了，这个品牌会连同整个艾特丽集团一起毁掉。”

听到蓝震霆这么说，蓝轩逸犹豫了，可是几秒钟后，他突然眼睛一亮：“那么，十年前工厂的那场大火呢？”

一听到“工厂大火”几个字，蓝震霆身体一颤，狰狞的笑容瞬间消失了。

“那不是意外，你知道的对吧？”蓝轩逸盯着蓝震霆说道，“那笔丰厚的工厂火灾保险金划到你个人名义下时，你有没有想过尹元章？”

“谁？”蓝震霆像见了鬼似的，声音颤抖地说道。

“尹元章，那场大火烧死的厂长，法庭判他为纵火犯。为此你还去当了证人。”

蓝震霆背对落地窗，脸色苍白，嘴巴张得大大的。

“你知道他是冤枉的，那次并不是他引起的火灾，凶手另有其人，对不对？”蓝轩逸靠近蓝震霆，步步紧逼。

“不，不可能，没人发现我……你是怎么知道？”蓝震霆喃喃地说着，像是在询问，又像是自言自语。

“真的是你做的，爸爸？”蓝轩逸难以置信地问道。

“什，什么？”蓝震霆意识到自己说漏了嘴，结结巴巴地说道。

“我只是无意中听你说过一次醉话，没想到真的是你干的。”蓝轩逸的惊讶不比父亲少。

“出去！”蓝震霆伸出手，指着门口吼道，“你给我滚出去！”

蓝轩逸快步走向门口，留下一个复杂的眼神。

“我真厌恶我是你儿子这个身份。”蓝轩逸出了门，关门声像一把枪走了火。

蓝震霆背靠着墙，大口地喘息着，像是被人扼住了喉咙一样。细密的汗水从额头上流下来，滑过脸颊。最后，他缓慢地滑坐在地板上。

（6）

傍晚，夕阳的余晖照在街道上，商店飘出阵阵音乐声，萦绕在梧桐树顶端，温暖的气候令人舒适惬意。

从《民和日报》报社的正门走出来快半个小时了，尹洛雪一句话也不

说，中午部长拍她肩膀的力度似乎还在。

“好好抓紧‘艾丽儿’这个案子，为我们财经部争取一个‘年度最佳新闻’的荣誉！”

部长的鼓励声回响在耳边，尹洛雪咬了咬嘴唇，眉头皱得更紧了。

“我觉得我们可以混进去当侍应生，你觉得怎么样，洛雪？”莫小小晃了晃手中的提包，没等尹洛雪表态，就否决了自己的提议，“不行，那样一定会被拆穿的，难道我们真的不能混进宴会吗？”莫小小沮丧地说道，“真可恶，主办方居然不邀请任何媒体。到底有什么秘密啊？这种晚宴不是报道得多才显得隆重吗？我的雷克斯，难道我们要擦肩而过了吗？”莫小小推了推尹洛雪，“洛雪，你到底在想什么？拜托你说句话好不好？”

“我们必须去参加那个宴会。”尹洛雪自顾自地说道，“蓝震霆一定会出现的。”

看尹洛雪这么自信，莫小小摇了摇头，怜悯地看着她，发出一阵“啧啧”声：“唉，可怜的孩子，你快被吸血鬼部长折磨疯了。不是我说泄气话，蓝震霆可不是一般人，他是商场老手，隐瞒事实、制造假象，他绝对样样精通。要是我早就放弃了。”

“我不会放弃的。”

“有了！”莫小小突然眼睛一亮。

“什么？”尹洛雪回过神来。

“有了有了！”莫小小兴奋地抓住尹洛雪的胳膊喊道，“我们可以制造假的邀请函啊，对不对？”

听到莫小小的馊主意，尹洛雪无奈地问：“亲爱的莫小姐，我们哪里有邀请函的模板啊？”

一语惊醒梦中人，莫小小懊恼地喊了一声：“我怎么把这个忘了？”

“知道就好。”尹洛雪戳了戳莫小小的脑袋，“这一次是所有媒体都没收到邀请函吗？”

“据我所知都没有，这次晚宴是艾特丽集团内部举办的。”

尹洛雪苦恼地皱起眉头，这样的话，想进去就比较麻烦了，更确切地说是棘手。没有邀请函，她们连酒店大门都别想进去，但这是一个接近蓝震霆的好机会，运气好的话，或许还能得到新的情报。

走到岔路口，两人道别后，各自怀着心思走在回家的路上。尹洛雪为邀请函的事发愁，而莫小小则一直犯愁怎样才能与偶像再次相遇。

不知不觉中，尹洛雪走到了月亮湾，那是一处中等公寓区，离报社有半个小时路程，这里也是尹洛雪家的所在地。

夕阳给大地铺上了一层金纱，掩饰了公寓的陈旧。点点碎光在树叶上、草尖上跳跃着，不知名的小花静静地开放，这里一如往常的安静。

月亮湾曾经辉煌过，十五年前，这里是社会精英的聚集地，鲜花簇拥，树木林立，社区设施齐全，一切都蓬勃朝气。但近年来，由于人们大量搬迁，这片公寓开始显出颓势。

尹洛雪依稀记得当初刚搬进月亮湾时的情景，那时候爸爸妈妈都还年轻。她还记得她牵着爸爸的手走进新家，在全新的木质地板上铺满新毛毯，在上面嬉笑打滚。

那时候，他们一家人经常在晚饭后下楼乘凉。他们坐在开满丁香和木槿花的花园中，妈妈搂着她唱着好听的歌，这一切都恍若发生在昨日。

尹洛雪将目光从凉椅上收回，朝最里面的那栋楼走去。

爬上五楼，她掏出钥匙正准备开门，却停住了手上的动作，她的目光落在铁门右侧墙壁上的绿色信箱上。四方状的信箱顶端放着一个长方形的盒子，盒子用华丽的包装纸裹着。

尹洛雪的心剧烈地跳动起来。

这莫名的礼物又来了。

每个月的第一天，总会有一份神秘的礼物准时送到她家，上面没有寄件人的地址。这个习惯已经持续了将近五年，她一直没弄清楚送礼的人是谁。

不，也不能完全这么说，她毕竟知道对方的名字，尽管她知道那是一个假名。

每次莫名出现的礼物盒中除了礼物，还会放一封简短的信，寥寥数笔，信末都会署名“小熊维尼”，签名右边还会画上一个咧嘴大笑的小熊脑袋。

这次“小熊维尼”送的是什么礼物呢？

尹洛雪摇了摇盒子，没什么声响，猜不到是什么。算了，回家再拆开慢慢看吧。

尹洛雪正准备开门，却再次停住了。周围隐约传来痛苦的呻吟声，她竖

起耳朵仔细听了听，呻吟声断断续续，微弱却很清晰。

尹洛雪四处寻找声源，发现对面邻居的房门敞开了一道缝隙，声音貌似是从那里传出的。她小心翼翼地走过去，透过缝隙朝里面望去，里面的情景顿时让她睁大了眼睛。

“玛丽婆婆，您怎么了？”尹洛雪推开门跑了进去，冲到坐在地板上的老妇人身旁蹲下。

玛丽婆婆闭着眼睛斜靠在立柜旁，她眉头皱着，脸色有些苍白。地板上放着一大盒泡菜，听见有人喊自己，玛丽婆婆睁开眼睛，用手指着客厅另一边的杂物柜，声音虚弱地说：“药，有药……第二层。”

尹洛雪立刻站起身，在杂物柜里翻找着，很快发现一个透明的黄色小药瓶。她拿起那个药瓶，走进厨房倒了一杯水，小心地扶起玛丽婆婆，将药片倒在自己的手心上。

玛丽婆婆颤抖着拿了两片药放进嘴里，喝了一口水，再次闭上了眼睛。

尹洛雪将玛丽婆婆的胳膊搭在自己的脖子上，费劲地站起来，一点点地挪到床边，让玛丽婆婆躺下，并帮她盖好毛毯。

大约过了十分钟，玛丽婆婆睁开了眼睛。她望着一脸焦急的尹洛雪，轻轻地拍了拍她的手背，说道：“唉，人老了，什么都干不成了，蹲久了就头晕，老毛病，没事。谢谢你，洛雪。”

“您没事就好，玛丽婆婆，您要注意休息啊。不如我在这里陪陪您吧。”

“好孩子，我没事。刚才还好有你在，洛雪，你真是个好姑娘。”

听到这样的夸奖，尹洛雪有些不好意思。她坐下来和玛丽婆婆聊了一会天，发现她不停地看时钟，神情有些焦虑。

“玛丽婆婆，您有急事吗？”尹洛雪疑惑地问道。

“唉，也不算很大的事，可还是挺重要的……”

“我能帮您什么吗？”

“让你照顾我已经很不好意思了，不能再麻烦你了。”

“没关系。”尹洛雪笑着说道，“我反正也闲着嘛！”

“这个……”玛丽婆婆有些歉意地拍了拍尹洛雪的手，“其实是我工作的那户人家的小主人，他很喜欢吃泡菜，说今天晚餐想吃泡菜。我怕新做的不入味道，就回家给他取一些做好的，没想到头晕症犯了，现在不送过去的话，小主人晚上就吃不到了……”

“我还以为是什么事呢，包在我身上好了！”尹洛雪爽快地拍了拍胸脯，笑着说道，“我正想出去跑跑步呢！我帮您去送，就当锻炼身体啦！玛丽婆婆，你把地址告诉我吧。”

（7）

夕阳西下，绚烂的晚霞出现在天边，宛若一道道轻烟飘散，云层四周的金光不再刺眼，馥郁的花香在别墅上空弥漫。

尹洛雪对照纸上的地址，再次看了看眼前这栋白色别墅的门牌。没错，就是这里了。

白墙灰顶的别墅线条简单，方形窗户后没有灯光，别墅四周装饰着田园风格的尖顶木栅栏。没想到玛丽婆婆居然在这么漂亮的别墅里工作，尹洛雪轻轻地推开木栅栏门。

“请问有人在家吗？”尹洛雪大声喊着，别墅内没人回答，“你好，请问有人在家吗？我是帮玛丽婆婆来送泡菜的！”

别墅内依然没有人回应，只有清脆的鸟鸣声，一只暗绿色的漂亮小鸟飞下来，站在栅栏的尖端之间，打量着尹洛雪。

“如果家里没人，你就拿这把钥匙开门进去，放下泡菜就行了，我稍后会打电话给主人告诉他的。”

尹洛雪想起之前玛丽婆婆说的话，于是踏着石子小路走到别墅门前，伸手拉了一下门把手，门锁得死死的，她只好掏出钥匙打开门。

客厅很大，木质地板上铺着浅色的地毯。对着门的是一个旋转式楼梯，直通二楼，镂空状黑铁护栏呈现出优雅的卷曲花纹，从这些装饰能很清楚地看出这家主人高端的品位。

她环顾了一下四周，目光停在某个地方。靠近门口的整面墙上嵌入了一个巨大的书架，书架下摆着一架黑色钢琴。这是离门口最近的地方了，主人回来的话应该一眼就能看到泡菜。

想到这里，尹洛雪脱了鞋子走过去，将泡菜放在琴凳上，然后转身离开。可是，突然她浑身打了一个冷战，定在了原地。

那……那是什么？不知道为什么，当她近距离看着这架钢琴的时候，居然会觉得这纹丝不动的钢琴有一种神奇的力量将她紧紧拽住。

是她看错了吗？一定是。这里怎么会有那种东西？对，一定是她眼花了。尹洛雪的心怦怦跳着，一股热流从脚底一直流入大脑。

不管怎么说，去看看不就知道了？

尹洛雪犹豫了一下，走到钢琴前将泡菜盒挪开，露出被盒子压住的纸。那是一张粉色小卡片，上面画着跳跃的黑色五线谱。

尹洛雪按捺不住满心激动，将它拿起来仔细一看，在这张质感坚硬的卡片右下角有一行烫金花体字："艾特丽之夜，欢迎您共舞"。

尹洛雪迅速翻到背面，背面覆着一层薄薄的丝绸，丝绸下角绘着简约的紫色玫瑰图案——是艾特丽集团的标志，玫瑰花瓣间印着一行优美的黑色手写体："恭候雷克斯先生莅临"。

没错，这正是她绞尽脑汁想要得到的艾特丽集团举办的晚宴邀请函。

尹洛雪咽了咽口水，飞快地将邀请函塞进衣兜里，可是下一秒，她又闪电般地取了出来，用拳头敲了一下自己的脑门。

你疯了吧？尹洛雪，你居然想要偷这张邀请函？别忘了你是受人之托来送泡菜的，怎么可以当小偷？冷静！要冷静！

可是这张邀请函如此珍贵，有了它就可以进入晚宴会场……不，等等，再想想，她绝对不可以碰这间屋子的任何东西。

尹洛雪四处张望着，刹那间，所有问题都解决了。这个解决方案堪称完美——尹洛雪飞快地掏出手机，打开照相功能，将邀请函端正摆好。正面来一张，再来一张背面，细节部分，烫金字体很奇特，要特写一下……

就在这时，别墅外传来引擎熄灭声，“啪啪”两道关门声惊醒了兴奋的尹洛雪。罗威和雷克斯走进来时，她刚收起手机。

“你是谁？怎么进来的？”罗威“啪”地打开灯，眼神犀利地瞪着尹洛雪。

尹洛雪下意识举起手挡了一下刺目的光，随即将手挪开。当她看清对面的两个人时，嘴张成一个圆形。问话的中年男人她不认识，但另一个男人她认识，并且早上刚刚见过。

“雷克斯？”她呆呆地望着那张俊美的脸，忘了说话。雷克斯怎么会在这里？怎么会……哦！邀请函背面的玫瑰花图案飞速闪进她的脑海中，那几个字也跟着浮现出来。

恭候雷克斯先生莅临。

雷克斯……

刚才她一定是因为看到邀请函太兴奋，把这个忽视了。

此时屋外的光线已经暗淡，夕阳早已沉入西山。

雷克斯犹疑地看了看她，似乎认出了她，但是他像对待第一次见面的陌生人一样冷漠地看着她，没有开口说话。这让她有些意外，难道玛丽婆婆还没打电话跟他们交代吗？

尹洛雪，要冷静，你没有做坏事。对，要冷静。

尹洛雪尽量让自己的语调保持平静，虽然尾音有些颤抖，但幸亏只有她自己听到："我……我是受玛丽婆婆之托来送泡菜的。"多亏她是记者，见过不少惊心动魄的场面，快速调整情绪是她的特长。

"泡菜？什么泡菜？"罗威不肯放松一丝警惕。

尹洛雪将事情的经过简述了一遍，这两个男人脸上的警惕终于消失了。

"那个……雷克斯先生，上午在机场……你记得吗？"尹洛雪有些结巴的声音回响在客厅里，一种尴尬涌上心头。她被盯得有些不自在，刚进门时忘了穿拖鞋，这下觉得地板十分冰凉，于是她悄悄地把脚趾蜷了起来。

雷克斯点点头，仍然没有说话。

又是一阵尴尬的沉默，尹洛雪真恨自己多嘴。她有种错觉，眼前这个表情冷漠的雷克斯是他离开镜头后的真实的他，之前那个有着似水的温柔，明媚的笑容，轻言细语的雷克斯似乎只存在于海报上和镜头前。

"机场什么事？"罗威疑惑地看着雷克斯。

"一点小事故而已。"雷克斯耸了耸肩。

罗威瞥了雷克斯一眼，然后又看向尹洛雪，说道："麻烦你跑了一趟，替我谢谢玛丽。"

"没关系，其实……"尹洛雪还没来得及将"不麻烦"说出来，一个声音响起，电视上男主播一脸严肃地播报着当日新闻。罗威早已换好拖鞋坐在客厅正中央的沙发上，不停地按着遥控器。电视画面随之不停地变换，最后

停在《人类秘密》的纪录片频道上。

尹洛雪感觉自己不受欢迎，便快步走到门口，对雷克斯道了声“再见”，然后穿上鞋子走了出去。

屋外的气温似乎比屋内高，身上一下子暖和起来。尹洛雪深呼一口气，快步走过石子小径，但是又退了回来。小径不远处架着一排树篱，无数蔷薇花枝攀在树篱上，碧叶间隐现出娇嫩的花苞。

紧挨着蔷薇树篱的地方摆放着一个松果形状的废纸筒，大束大束精心包装的鲜花被粗暴地塞进筒里。粉色百合与红色玫瑰间夹杂着天星草和玉簪叶，透明的玻璃包装纸闪着微弱的光。淡蓝色的矢车菊丛中，几个未拆封的礼物盒胡乱地堆叠着。

尹洛雪认出了最上面那个印着白色花纹的蓝色盒子，盒角立着一只用丝绸扎成的蓝色蝴蝶，那是莫小小亲手做的送给雷克斯的巧克力。

别墅内没有对话，只有电视节目的声音。

电视屏幕上出现一只指头连成一片如同鸭蹼般的小手，画外音的男声低沉有磁性：“胚胎至第七周时，手足开始出现手指、足趾，眼睛清晰可见……”

“你认识她？”罗威的声音响起了。

雷克斯应了一声，放下双肩包。

“她叫尹洛雪。”

没想到会从罗威口中听到尹洛雪的名字，雷克斯有些吃惊地问：“你在调查她，为什么？”

“并不需要调查，她是《民和日报》经济版的记者，一直在对‘艾丽儿’事件进行深度调查，这种人对我们总是有利的。”罗威的目光自始至终没有离开电视。

雷克斯没有表态，他突然脸色一变，打开门朝院中大喊一声：“你在干什么？”

尹洛雪被吓了一跳，立刻转过身。雷克斯朝她走过来，他的表情变得极其可怕。

尹洛雪以为他要教训自己，于是下意识地躲了一下，却发现雷克斯在她面前蹲了下来，双手放在她的浅口鞋边——在她的脚下，有两根花枝被踩住了。

尹洛雪连忙将脚挪开，连声道歉。

雷克斯半蹲在草丛间，双手不停地握起，松开，又握起，神色紧张地看着花枝，拿不定主意如何挽救。最后，他伸出手，将两根食指伸到花枝下，慢慢地抬起来。

“啪嗒！”花枝断掉了。

尹洛雪拿着礼物盒的手握紧了一些，有些紧张起来。

“对，对不起……”尹洛雪看着断成两截的花枝，真希望自己拥有可以让它起死回生的法术。

雷克斯脸色惨白地盯着手中的花枝，目光像涂了强力胶一般粘在了花枝上。片刻之后，他抬起头，缓缓站了起来。

“我，我赔……”尹洛雪不安地看着他。

“出去。”雷克斯指着栅栏门，语气异常平静。

尹洛雪突然发现在他面前自己的语言太乏力，根本无法改变当下境况。她后悔刚才没多看几眼脚下，她以为只是草坪……

“出去！出去——”见尹洛雪没有反应，雷克斯吼了起来。

尹洛雪吓得后退几步，转身就跑，一不小心撞在一个人身上。盒子飞了出去，掉在石子路上，发出“咔嚓”一声——莫小小精心制作的心形巧克力碎了。

“雷克斯，你怎么这样对待客人？快和这个小姑娘道歉。”罗威不知什么时候出来了，双手扶住差点跌倒的尹洛雪。

雷克斯两眼空洞地盯着断掉的花枝，没有出声，他的嘴唇抿成一条线，神情完全与“雷克斯式笑容”相反。

“雷克斯，道歉！”罗威加重了语气，声音中带着不容置疑的威严。

“不，不用了，是我不好，我不知道这里……总之，再见！对不起……再见……”尹洛雪一边道歉，一边落荒而逃。她就像是在躲避一头吃人猛兽似的一路狂奔，直到上了大路，直到白色的别墅在成片的枫树林中只露出尖顶，她才停下来。

第二章
CHAPTER
02
爱的过敏源

（1）

回到家后，尹洛雪整个心思放在制作“山寨版”邀请函上。

她先是将手机中的图片传到电脑中，然后用矢量图软件进行了两个半小时的绘制，才终于完成。最后，她在打印出的卡片背面贴上一层以假乱真的花纹，花纹中间用黑笔模仿邀请函上的字体写了几个字：“恭候尹洛雪女士莅临”。

看着这张以假乱真的邀请函，她满意地笑了笑，接着帮莫小小也制作了一张。

当莫小小拿到邀请函时，如果不是因为在报社，她几乎要高喊“尹洛雪万岁”了。

“你的运气真好！”莫小小赞叹完精美的邀请函后，有些嫉妒地对尹洛雪说。

“早知道我也和你一起去送泡菜了。”这是尹洛雪简单地讲述了邀请函原件的来历后，莫小小说的话。

尹洛雪尽量简单地讲了一下过程，重点放在发现邀请函这件事上，将雷克斯与那个脸色阴沉的中年男人略过不提。

昨天一整晚尹洛雪都没有睡着，她的眼前总是浮现出雷克斯的脸。那双漆黑的眼眸深处藏着冷漠的光，像极了冬季寒夜天边的孤星。

报纸的娱乐版上、时尚杂志内页上、电视访谈节目中，更别提各种精美

的海报与唱片封面上，雷克斯从来都是笑容满面，温文尔雅。他的笑容给他烙上极为鲜明的印记——他是标准的绅士，他深切地关怀着每个人，善意地看待每件事。

每当提起雷克斯，首先浮现在大家脑海中的是他的笑容。他的笑容似乎有着魔力，让人仿佛有种错觉，雷克斯能在唱片界闯下一片天，不是因为他的才华，而是因为他的笑容。

可是就在昨天，这样的笑容从他的脸上消失了，像闪电般划过，不再出现。这让尹洛雪除了惊讶还有些不安，仿佛午夜十二点的钟声敲响后，灰姑娘的华丽长袍消失不见，变成了一条打着补丁的破旧裙子。

她看到了一个不该看到的真相。

也许……她猜想，雷克斯并不是那么爱笑的人。

但是这也不关她的事，而且在目前这种糟糕的状况下，她更加没心思去研究一个明星的笑容。她现在遇到了一个大麻烦——

她被困在晚宴会场的长餐桌下已经半个小时了，此刻，她只想马上离开这个费劲心思混进来的晚宴会场。

在这狭小的空间里，尹洛雪只能抱着双腿蹲在地上。无论如何她都无法将头再抬起哪怕一厘米，她的脑袋碰到了桌子，厚厚的丝绸桌布外，来来往往的都是穿着名牌皮鞋与高跟鞋的脚。保安还在搜寻着她，那张“山寨”邀请函把她送进了这个宴会大厅内的“小监牢”里。

半个小时前，当尹洛雪与莫小小如愿进入宴会场内，各自找寻拍摄对象时，却不知其中一名年轻的工作人员正在翻看宾客名单册，与所有的邀请函核对着。他将那本名册从头翻到尾，发现名册漏了两位宾客的名字。他将多出的两张邀请函拿在手上，又核对了一遍名册，越来越疑惑。这时，一个粗心大意的侍应生解开了他的疑惑——

一杯红酒从侍应生手中的托盘上掉下来，红酒泼在年轻工作人员的手上。他甩了甩手，却意外地发现邀请函背面的花纹染黑了，像是倒了一杯墨汁，嘉宾的名字模糊了，邀请函背面的丝绸也皱起来，还鼓起许多小气泡……

这是一张伪造的邀请函！

片刻之后，宴会场内的十位保安都收到了通知：场内混入了两名可疑人士，动机不明。保安们不动声色地观察着每个人，最终将目标锁定在不与任何人交流、行为诡异的两名女子身上。

莫小小逃脱了。她很机灵，当发现保安人员悄悄靠近她，并且拿着对讲机和其他保安人员联系时，她就发现事情不对劲。趁保安还没靠近，她踩着那双银色高跟鞋钻进了洗手间。等保安察觉到异常，进入洗手间寻找莫小小时，整个洗手间空无一人，只看到墙上通向室外阳台的窗户打开着。

保安们立刻奔到窗户前朝外看去，十几米外，莫小小正拎着高跟鞋朝他们笑嘻嘻地挥手，银色的鞋面反射着刺眼的光芒。她翻过室外阳台奔向会场外，跑得不见踪影了。

这样的挑衅让所有保安将怒火全部聚集在剩下的那个不速之客身上，一定要逮住那个女的，必须要逮住！

趁众保安冲进女洗手间引发一阵骚动时，尹洛雪飞快地钻进了长餐桌

下。她已经无路可逃，没想到这一避居然让她暂时安全了。至少半个小时内，保安们翻遍了整个晚宴会场的角落，都没想到掀起桌布看一眼。

（2）

跟拍进行得十分顺利。

会场内，与蓝震霆接触到的每个人都被摄入了尹洛雪的微型相机里，其中一些与蓝震霆分外亲密的客人，尹洛雪都认得，是监察厅厅长和司法系统官员。如果将来“艾丽儿”事件不了了之，那么这些照片很有可能成为蓝震霆动用人脉解决问题的证据。

尹洛雪激动不已，今天的冒险是值得的，她将获得更多丰富而珍贵的资料，甚至“艾丽儿”事件后续发展的蛛丝马迹也将会从那些豪迈的推杯换盏中探寻到。

五百平方米的奢华宴会厅中，宾客谈笑风生，本来大有可为的尹洛雪只能佝偻着身体抱着膝盖，躲在这宽不足一米的窄小空间中不敢说话，不敢呼吸，不敢挪动。

她的左脚开始发麻，她用手指戳了戳脚背，脚毫无知觉。她欲哭无泪，好想平躺在地上揉揉脚，舒展一下四肢。平时简单的一个伸懒腰动作，对于此刻的尹洛雪来说，却变成了奥林匹克运动会上争夺体操冠军的高难度动作。空间太狭窄了，稍有不慎，她就会暴露。

时间过得异常缓慢，当尹洛雪觉得宴会到了尾声时，手机上的时间告诉她才过了十五分钟而已。

情况没有变好，甚至更糟了。

长时间的搜查没有结果，保安组组长彻底发怒，在他的脑海中出现了一幅尹洛雪躲在暗处嘲笑他的画面。对于一个荣誉感极强的安保人员来说，这是在对他下战书，他要坚决迎战。保安的搜查不再是遮遮掩掩，而是大张旗鼓地在各个角落排查。很快，场内的所有宾客都得知会场混进了一个不受欢迎的陌生人。

宾客们很有兴趣地谈论着这件事，这个小小的插曲令他们十分兴奋。他们饶有兴味地加入到了搜查行动中。很快，十个人的搜查行动变成了全民游戏。

尹洛雪曾试图钻到对面那张两倍长的餐桌下，在那里至少可以让她平躺。但是计划还未开始就泡汤了，有两个客人来到她藏身的餐桌旁，并且站住不走了。

桌布下露出两双鞋，一双白色系带高跟鞋，金色扣搭，还有一双棕色尖头英式男鞋。

一男一女开始聊天，内容大都空洞无趣，从家养贵宾狗到大型巴西犬，从保龄球馆的贵宾卡使用期限到海滩别墅的月租金。女方聊得十分开心，男的大多时候只是应和。

两个闲得发慌的有钱人。

尹洛雪在心里嘀咕着，将头小心翼翼地靠向左肩，再靠向右肩，像一个很旧的钟摆。她似乎都能听见脖颈处发出轻微的咔咔声，一阵麻木感从太阳穴传到双肩，她感觉颈椎快要断了。

她期待那两双鞋快点带着主人离开此地，可是两人丝毫没有离开的意思，可能因为这里是宴会厅的角落，人很少。

“那你平时除了唱歌还做些什么呢？就没有什么约会吗？”一个娇滴滴的声音发问。

“我当然有约会，而且有很多。”男声柔和很有磁性，女子发出一声沮丧的叹气声，男子继续说，“与音乐和歌迷天天约会。”

“你真爱开玩笑，雷克斯！”女子娇笑起来。

顿时，尹洛雪僵硬的四肢像是灌满了铅，面部的表情也凝结了。

雷克斯……

没想到在这么尴尬的时候，她居然碰到了一个熟人。

什么叫祸不单行，什么叫狭路相逢，尹洛雪此刻深有体会。

“你知道吗？你唱片上的每一首歌我都会唱。”女子继续撒娇。

“谢谢。”雷克斯不紧不慢地回答着。

尹洛雪似乎能看见“雷克斯式笑容”浮现在他俊美的脸上。

“虽然我们今天是第一次见面，可是在我的心中我们早已认识很久了。而且我们迟早会认识，就算今天蓝轩逸不介绍我们认识也没关系。”女子说的话越来越肉麻了。

“哦？”雷克斯心不在焉地应了一声。

那个女子兴致勃勃地说：“下个月你就举办第一场演唱会了，到时候我会买很多很多红色蔷薇去后台为你加油打气。”

“谢谢你。”雷克斯礼貌地说道。

尹洛雪停止了头部的左右摆动，开始低头，仰头，右手用力揉着脖颈。好酸，好疼。

这蜷缩的姿势恐怕不能保持很久了，也许她还能撑十几分钟，但无法撑得更久。如果到了逼不得已的时候，她只能“自首”。

不，如果“自首”了，那今晚的努力就白费了，而且还会影响到报社……一旦主编得知此事，恐怕会用他的拳头将桌子砸烂。

“啪！”

尹洛雪停止手上的动作，警觉地睁大眼睛。有东西掉下来了，确切地说，是掉了“进”来。是一个小巧的缀满珍珠的卵形手包，珍珠在桌布外的灯光下反射出温润的光芒。手包滚到了尹洛雪的脚边，银色包口朝着她，弯曲的弧形仿佛一个笑容。

“哎呀，我太不小心了。雷克斯，你能帮我捡一下吗？我的裙子……不太方便。”女子大惊小怪地说道。

尹洛雪的耳边嗡嗡作响，心猛地悬起来。在雷克斯说“好”的时候，她下意识将手包捏住，推出了桌底，但转瞬她就后悔了。

她犯了大错，包又没长脚，怎么可能自己跑出桌底？这分明是此地无银三百两，变相告诉别人桌下有人。

一只手出现在桌布下，尹洛雪屏住了呼吸。那只手放在珍珠手包上停顿了几秒，手的主人似乎在犹疑什么。

尹洛雪捂着嘴，生怕自己会失去控制大叫出声，心脏有力地撞击着胸腔，尹洛雪觉得它迟早会跳出来。

那只手从手包上移开，尹洛雪放松下来，可是下一秒，桌布猛地被掀了起来。

尹洛雪像一只多年藏身岩石下的扁虫，突然暴露在强烈的阳光下，顿时惊慌失措。她无处可躲，只能惊愕地睁大眼睛，脑子一片空白。

悠扬的莫扎特D小调小提琴奏鸣曲传进桌底，与桌子下面雷克斯和尹洛雪震惊的脸色很不相称。灯光越过雷克斯的礼服肩线射过来，亮得耀眼，他半蹲在地上。

桌底的黑暗中间出现一个不规则的光亮三角形，三角形顶端撑着雷克斯的手，越过雷克斯的胳膊，尹洛雪能看到不远处一位女士的半截长裙正飘了过去。那长裙的款式和莫小小的有点像，只是剪裁更细腻。

尹洛雪的脑中闪过一堆不相干的念头，大脑仿佛坏掉的机器，不停地吐着零件。

突然，她眼前一黑，明亮的三角形不见了，手包也不见了。雷克斯把桌布放下了，一切仿佛发生在一瞬间。

尹洛雪呆呆地注视着那片消失的光亮，仿佛雷克斯还蹲在那里掀起桌布瞪着她。许久，她才反应过来，她再次安全了，至少此刻是安全的。

雷克斯站起身，将珍珠手包还给藤原静，努力保持着自然的表情。藤原静很得意，将故意撩起的长裙撩了一会才放下，遮盖住那条细长的腿。和她预料的一样，雷克斯刚才捡包的时候，半蹲在地上的时间很久，而且站起来后表情有些奇怪。

他一定被我的腿迷住了。

藤原静暗自猜测着，她的笑容更加甜美，睫毛欣喜地颤动着。她并不知道，雷克斯早就看穿了她幼稚的把戏，知道她故意将手包掉在地上，好给她那迷人的长腿一个登台显露的机会。

但是他保持缄默，装作什么都不知道，帮她捡起手包。绅士课堂的第一个内容就是教他如何不在女士面前失礼。当面对一个智商为零，把自己当成公主到处炫耀美貌的有钱小姐时，他懂得应该如何应付。

小提琴曲结束了，换上了一支舒缓的圆舞曲。有宾客进入舞池翩翩起舞，围观者在一旁鼓着掌。

雷克斯端起一杯红酒慢慢品尝着，试图让自己冷静下来。

藤原静在他的耳边说个不停，他一直保持着温和迷人的笑容，不断点头赞同，脑海里却将一切声音屏蔽掉，只有一个冷淡而理性的声音。

那个记者，是的，罗威提起过她。

雷克斯闭了闭眼睛，罗威的声音仿佛从厚厚的云层中传来。

“她叫尹洛雪。”

“《民和日报》经济版记者。”

“一直在对‘艾丽儿’事件进行深度调查。”

雷克斯将水晶杯挪离嘴边，朝四周扫了一眼，他的目光瞬间停在某处。蓝震霆和藤氏集团的董事会主席正并肩朝这边走来，两人神情严肃，似乎在寻找一处人较少又方便私谈的地方。他们不停地换着地方，最后，他们的视线放在雷克斯和藤原静所在的餐桌旁。

这张餐桌靠近角落，远离人群，符合他们的标准，但这里已经有人了，他们只能去别处寻找。

“这种人对我们总是有利的。”

罗威的声音再次回响在雷克斯的耳边，雷克斯一把揽住藤原静的肩膀，看着她，微笑着说：“我请你跳一支舞怎么样？”

藤原静脸颊绯红，眼睛放出亮光，她将手伸向雷克斯，高傲得仿佛她是十八世纪皇宫中的公主。

雷克斯忍着笑意，配合着藤原静，一脸庄重地挽起藤原静的手，走向舞池。他们刚离开，蓝震霆和藤氏集团的董事会主席就占据了这块有利地势，谈论起他们的小秘密。可是他们怎么都没想到，这里还有一个听众。

（3）

“‘艾丽儿’系列不错，我认为是一个成功的开发品。”一个浑厚的男声飘进餐桌底下。

尹洛雪正使劲地揉着脚背，听到陌生的声音后，她立刻停住手上的动作，竖起耳朵，敏感地察觉到这是一番重要的谈话。她倾斜身体，从手包里掏出录音笔，悄悄地按下了录音键。

“目前市场反应还可以，只是……你知道的，出现了一些传闻。”尹洛雪听出这是蓝震霆的声音。

“我听说了，好像有点严重。”

沉默了几秒钟，蓝震霆的声音再次响起：“一切都在掌控之中，只是一些固执的记者让人头疼。”

“‘艾丽儿’的分销商也跟着发了不少财啊。”对方答非所问，话音带着笑意。

“其实利润也没有外界传的那么高，只是行业内正常的利润。”

“八倍的利润，您还说是正常？呵呵，您真是太幽默了。”

“利润都分给大家了，而且不利的传闻也影响了‘艾丽儿’的销量。”

“我有办法让拦在‘艾丽儿’面前的不利新闻都消失，我在媒体界也认识几个人。”

“公关危机我们也在处理，这就不麻烦藤总了。”蓝震霆躲开对方的话锋。

“显然贵公司的公关人员经验不足。据我所知，‘艾丽儿’系列含致癌物的新闻已经出现快两周了。”男人慢条斯理地说道。

“我都说了，只是一些竞争对手放出的假新闻，‘艾丽儿’系列化妆品是我亲手研制的，没有人比我更清楚它的成分了。”仿佛是恶作剧的小孩被当场捉住一般，蓝震霆极力为自己争辩道。

“‘艾丽儿’的分销份额给藤氏一半，怎么样？”

“什么？”

“恕我直言，蓝总，‘艾丽儿’系列到底有没有致癌物，你比我更清楚。我的公司也有检测室，我不是不知道，‘艾丽儿’的邻苯二甲酸酯超出标准两百倍。”

接着是一阵沉默，蓝震霆没有搭腔。

录音笔上的小红灯一闪一闪的，尹洛雪的心扑通扑通地跳起来，屏住了呼吸，差不多两分钟没有人说话。如果不是看到那两双男鞋，尹洛雪还以为两人已经走了。

“那关于‘艾丽儿’的负面传闻你要彻底解决掉。”蓝震霆最终还是选择了妥协。

果然，“艾丽儿”真的有问题！

“我说到做到，我们何不去干一杯庆祝我们合作成功呢？”

接着，两人便离开了。

尹洛雪按下录音笔的停止键，兴奋得简直要跳起来了。这一晚上的折腾太值了！不仅抓住了“艾丽儿”的确有致癌物的有力证据，而且还牵扯出了分销商的分赃事实。

她确信幸运女神眷顾了她，尤其当她瞅准一个无人经过的空当钻到对面的大餐桌下后，她更加深信今夜是一个奇妙的冒险之夜。

尹洛雪伸展四肢平躺下来，太舒服了，全身都放松下来，她终于得到了今晚的头等奖励。

雷克斯与藤原静在舞池中草草地转了两圈，就找借口离开了。他心里惦记着桌子下的倒霉女记者，希望她不会被人发现，但他的担心是多余的。

又过了半个小时，保安最终放弃了，他们宣称那名不速之客已经逃走了，宾客们也结束了这场寻人游戏。

看来今晚来参加这场宴会还不错，那位追踪“艾丽儿”事件的女记者一定会将她听到的一切公诸于众。

雷克斯端起一杯透明的绿色薄荷酒抿了一口，一股清凉沁入鼻腔，让他清醒起来。他的任务完成了，现在可以离开了。

“雷克斯，我给你介绍一下。”蓝轩逸突然出现在他的身后，在他身边站着一个中年男人。

雷克斯的目光落在蓝震霆的脸上，他保养得很好，虽然已经年过五十，却依然算是有风度的美男子。这是他第一次如此近距离地观察蓝震霆。

“爸爸，这就是我经常和你说起的在英国认识的好朋友雷克斯。”蓝轩逸介绍道。

蓝震霆与雷克斯的目光相接，如机场里那次匆匆的对视。蓝震霆的眼里闪过一道诧异的光芒，但他掩饰得很好，像第一次见到雷克斯一样向他伸出手。

“我早就听轩逸说起过你，轩逸的每个朋友都很优秀。我听过你的歌，很不错。”蓝震霆微笑着说道，那笑容足以以假乱真，只有雷克斯知道笑容背后的真面目。蓝震霆是一个极会隐藏自己情绪的人，如果有需要，他可以随时扮演派发礼物的圣诞老人，但其实所有的礼物盒中都放着重型武器。

“谢谢，很高兴认识您，伯父。您很不一般，我想轩逸一定为您感到骄傲。”雷克斯露出招牌式微笑，这个笑容让所有歌迷疯狂，却撼动不了蓝震霆。

蓝轩逸脸部肌肉一紧，看上去有些不自然。

蓝震霆依旧是真诚坦然的表情，笑着拍了拍蓝轩逸的肩膀："我老了，年轻人有自己的想法，可能不需要我的意见了。"

"别这么说，爸爸。"蓝轩逸的笑容完全是挤出来的。

"你们先聊，轩逸，招待好你的朋友，有空请雷克斯来家里坐坐。"蓝震霆朝雷克斯点头告别，转身离开了。

"你妈妈没来吗？"雷克斯将失望的情绪掩饰住，问蓝轩逸。

蓝轩逸在走神，半天才反应过来："哦，她今天不舒服，在家休息。"

"这样啊，我听说你妈妈是个有名的大美人，还期待今天能有幸见上一面呢。"雷克斯语气轻松地说道。

"以后有的是机会。我妈妈也听说过你，早就想见你了。"蓝轩逸笑了笑，抛开了之前的不愉快。

"下个月举行我的首场演唱会，你一定要带上全家人来捧场哦。"雷克斯拍了拍蓝轩逸的肩膀，说道。

"我可以保证带我妈妈来给你助阵，不过我爸爸就……"蓝轩逸犹豫了一下，"说老实话，我不希望他在我们旁边，再说他对音乐的欣赏能力也实在有限。"

"你太偏心啦。"雷克斯笑着说，"你只爱你妈妈。"

"是。"蓝轩逸爽快地承认了，令雷克斯有些意外，"我妈妈是世界上最好的女人，你见到她一定会喜欢她的。"蓝轩逸的眼神变得缥缈，穿过空气望着某处，声音变得柔和起来，"她是世上最好的母亲，她给了我很多爱，但并不宠溺我。她知道怎么教育小孩，如果不是她，我现在可能待在某个地下狂欢酒吧呢。”

蓝轩逸转过头，惊诧地看着雷克斯苍白的脸，担心地问：“雷克斯，你怎么了？哪里不舒服吗？”

雷克斯摇了摇头，目光扫视着四周，对蓝轩逸低声说道：“你给我惹了一个大麻烦，知道吗？”

雷克斯的目光停在某处，蓝轩逸顺着他的目光看过去，藤原静正在对她的董事会主席老爸撒娇。

蓝轩逸会意地笑了笑，无奈地说：“我也没办法啊，我不介绍你们认识，受折磨的人就是我了。我和静是青梅竹马，从小只能和她一起玩，天知道这么多年我受了多少苦。她可不是省事的乖乖女，有一次……”

蓝轩逸后面的话被雷克斯屏蔽了，他嘴里应和着，目光却在大厅角落的桌下扫视着。红色的桌布一动不动，那个女记者还在硬撑吗？桌下的空间不大，她能坚持多久？该不会晕过去了吧……

（4）

晚宴接近尾声，贵妇们披上长袖外套，在男士们的护送下开始离场，男宾们也在相约再见声中离开了。雷克斯磨蹭着，不愿离场。

黏着雷克斯的藤原静在要了他的电话号码后，被她爸爸强行带走，走到门口，她竖起大拇指和小指在耳边做打电话状。雷克斯冲她点了点头，应允了那个他永远不会拨打的电话。藤原静露出一脸兴奋的表情，挽着她爸爸的胳膊走了。

“走，我带你去参观一下我养的热带鱼。”蓝轩逸走过来说。

“改天我一定去看，我现在得回家陪我爸爸了。”雷克斯委婉地拒绝道。

在蓝轩逸的概念里，罗威与雷克斯是父子关系。对于雷克斯不见踪影的母亲，罗威编造了一个完美的故事——罗威早年在国外发展了一段恋情，婚后不久，女子诞下孩子后便离开了人世。离开人世的原因是车祸，千篇一律毫无新意的“车祸”，绝对俗套，却永远不会让人产生不必要的疑问。

就这样，这个故事在蓝轩逸的脑海中深深扎根，从未有过任何怀疑。

宴会厅开始变得冷清，天花板四角的四盏巨大水晶吊灯熄灭了，只剩下正中央一圈小壁灯洒下柔和的橘色光芒。

蓝轩逸提前走了，雷克斯说自己再待一会，一直待到大厅里只剩他一个人。工作人员在偏厅吃晚饭，整个晚上十分忙碌，他们早已筋疲力尽。

雷克斯将杯中的透明绿色液体一饮而尽，朝大厅角落的桌子走去。

万一被工作人员发现大厅里冒出一个穿着礼服的女宾客，弯着腰敲着脊背朝门口挪去，那他今晚的一片苦心就白费了。毕竟，他的目的是让《民和日报》经济版出现一则有关蓝震霆的劲爆新闻，而不是报刊为自己的记者刊登一则道歉启事。

雷克斯蹲下来观察桌下的动静，没有任何声音。他犹豫了一会，想到了最坏的结果，尹洛雪已经晕死在里面了。他赶紧掀起桌布的一角朝里面看去，可是桌下空无一人。他大吃一惊，猛地将桌布掀起。尽管大厅内灯光柔和，光线不算强烈，但桌下的情景依然很清晰——这里什么都没有。

人呢？雷克斯眨了眨眼睛，刚要起身，就听到一声呜咽，像是极力压抑着的呐喊，他浑身一震。

“爸爸……”声音很微弱，像是梦呓。

雷克斯仔细一听，却只有一片寂静，于是他摇了摇头，放下桌布。

“爸爸，快跑……快跑……”

声音再次传来，雷克斯转过身盯着左手边的长餐桌，慢慢地伸出手，桌布被一点一点地掀起。

桌子下，尹洛雪斜靠着桌脚，她的双手摊开，手指朝向手心微微弯曲，她睡着了。一道橘色的柔光照进来，洒在尹洛雪苍白的脸上。她闭着眼睛，睫毛却在微微颤动，一颗泪珠挂在睫毛尖，泪珠仿佛清晨留在花瓣上的露珠，反射出幻境般的光芒。

尹洛雪背后一片黑暗，她的脸却如此清晰，雷克斯仿佛第一次见到这个人。

尹洛雪，那个在机场对蓝震霆穷追不舍，从他家花园里落荒而逃，在桌下蜷缩成一团的女子。他的目光落在尹洛雪的脸上，仿佛一切都静止了。

一段旋律突然闯入他的脑海，那是他的新歌，还未录制，只存在于他的大脑中。

那是在伦敦，某个清晨，他在伯明翰广场散步，金色的阳光透过高大的法国梧桐射下来，几个音符浮现在他的眼前，在金色的阳光下闪动着。

此刻，这段音乐又出现了。在这空无一人的大厅里，在柔和如水的黄色灯光下，在他的脑海中萦绕着。

“爸爸……”尹洛雪动了一下，睫毛颤动得更加厉害，嘴唇动了动，仿佛在梦中大声狂喊，“爸爸快跑……”

雷克斯发现自己走神了，愣了几秒钟后，他伸出另一只手晃了晃尹洛雪的肩膀。尹洛雪睁开眼睛，她的目光茫然地落在雷克斯的脸上，眼里蒙着一层薄薄的雾气，泛着粼粼微光，像夕阳下的湖面。

过了几十秒钟，她才反应过来自己身在何处。她猛地坐直身体，又“哎哟”一声弯了下去，揉着脑袋，发出痛苦的呻吟声。

雷克斯咳嗽了一声，将发出的笑声掩盖过去，说道：“没事了，出来吧。”

“真的？”尹洛雪的眼里闪现出欣喜的光芒。

“宴会已经结束了。”雷克斯站起来说道。

过了一会，一个手包被扔了出来，接着尹洛雪双手撑地爬了出来。老气而夸张的露背装映入雷克斯的眼帘，他飞快地移开了视线。

尹洛雪从桌下出来后，发现双脚已经暂时失去了行走能力。她苦恼地揉着腿和胳膊，希望快点恢复。为了避免撞到随时会返回的工作人员，雷克斯只好将她连扶带拖地拉出了宴会厅。

夜已深，因为这个地方有些偏僻，此刻显得十分幽静。雷克斯挥手拦了一辆出租车，在司机大叔异样的目光下，尹洛雪慢吞吞地挪进了车里。刚要关门，雷克斯的目光又扫过那件可笑的露背装，于是将自己的外套脱下来递了进去。尹洛雪盯着黑色的外套，有些不知所措。

“这，这……”她结结巴巴地说不出话来。

“这么晚了，送送女朋友才对嘛。”司机大叔有点不满地说道。

尹洛雪被“女朋友”三个字吓到，猛地咳了起来。雷克斯的视线飞快地移开，丢下一句“拜拜”，便快步离开了。

司机大叔又嘀咕了几句，才启动出租车。

外套摩擦着尹洛雪的胳膊，凉凉的，是丝绸内里的质感。一个英俊男人的晚礼服，一个万人迷偶像的晚礼服此刻正披在自己身上。这个念头在尹洛雪的脑海里闪过，她的心像是被轻轻地敲了一下，一种莫名的感觉充满了整颗心。

灯光在车窗外一闪而过，像群星划过夜空。尹洛雪低下头，将脸慢慢地贴近那件外套，一股淡淡的古龙香水味弥漫开来。她的心仿佛变得十分轻盈，似乎飘起来了，飘进这朦胧的夜色中……

（5）

五月中旬，天气渐暖，所有树木更加翠绿了。

城市的最西边，有一片连绵的山脉与百合山成对角线。这片山脉非常陡峭，其中一座被称为“上帝之手”，寓意谁都无法接近。“上帝之手”没有任何宽阔的马路，只有青砖石板铺成的盘山路。

此刻，雷克斯就在这条险径上，向“上帝之手”的最高点攀爬。

如此美好的下午，他本来应该在排练厅度过。眼看演唱会即将来临，他必须抓紧每一分钟做准备，但是他离开了舞蹈伙伴，跟藤原静和蓝轩逸来爬这座可怕的山。

虽然他热爱运动，每周有二十个小时在健身房里度过，但是他对这种明显是自讨苦吃的登山运动完全没有任何兴趣。尤其在上次晚宴的第二天，他翻遍了《民和日报》，都没看到有关“艾丽儿”的报道，他的心情变得很糟。

是哪里出错了？难道尹洛雪还没写这篇稿子吗？还是说她把资料弄丢了？最终，他只得出一个结论——报社将稿子压下来了。

一定是有人提前和报社沟通过，肯定不是蓝震霆，如果他有这层关系，“艾丽儿”的新闻也不会一再爆发收拾不住。那么会是谁呢？晚宴上与蓝震霆形影不离的那个身影浮现在他眼前——藤氏集团的董事会主席藤忠仁。

今天是藤原静的生日，她宣称要给大家一个难忘的回忆，要进行一次惊险刺激之旅。她花了两个小时赖在排练厅，努力说服他参加自己的生日之旅。

雷克斯好几次暗示蓝轩逸将藤原静带走，但是蓝轩逸明显无能为力，他似乎下定决心要将藤原静这个包袱甩给他。最终，雷克斯松了口，而且很积极地参与到这次旅行中。

藤原静一心认为是自己的口才促成了这个结果。可让她没想到的是，雷克斯之所以会同意参与这次旅行，并不是因为她的生日，也不是因为她的口才好，而是她无意间溜出嘴缝的几句话。

“我是他的女儿啊。我每年只过一次生日，他却不来陪我过生日，非要去陪那些老家伙吃饭，什么破主编、资深评论者，都是一群老得牙齿都要掉光了的人，能看得清字吗？”

雷克斯敏感地抓住了关键词：吃饭、老家伙、主编、资深评论者。

藤忠仁在笼络媒体界的人，这是非常关键的信息，也许和“艾丽儿”无关，但也许有关。不管怎么样，先试探一下再说。

“上帝之手”高不可测，山顶藏在浓浓的白雾中，大片的栗子树在山间立着，空气中弥漫着浓浓的草香味。天边的云层渐渐堆积起来，太阳也渐渐隐去，空气变得潮湿沉闷起来。

蓝轩逸不善于爬山，很快就远远地落在了后面，山路上只剩下雷克斯和藤原静两人，这正是藤原静所期待的。

“你累啦？”藤原静问道。

雷克斯点了点头，坐下来喝了一口水，打量着藤原静。

她戴着户外防紫外线眼镜，穿着一套专业登山服，将自己包得严严实实的。在她背着的登山包外侧兜里放着一个水瓶，完全是一副专业登山者气派，仿佛晚宴上那个娇滴滴的千金小姐从来没有存在过。

“你很厉害。”雷克斯真心地赞叹道。他本以为藤原静提议登山是雷声大雨点小，不到半山腰就得嚷着回去，没想到她身手敏捷，气息均匀，很出乎他的意料。

藤原静笑了笑，卸下背包说：“这座山我登过不下十次了，第一次只能走到四分之一，但从未登过顶。如果我们一鼓作气，我想我今天能够创下纪录，我将第一次登上‘上帝之手’。”

“我们先歇一会，等等轩逸。”雷克斯拍了拍自己身边的石板。

藤原静欣喜地坐过去。雷克斯开始从藤原静的生日聊起，将话题一再转移，绕着藤原静的父母打转，十分钟后，成功地将话题绕到藤忠仁的身上。

谈话的时候，雷克斯对藤原静关怀备至，帮她拿饮料，并用纸巾替她擦掉脸上的零食碎屑。藤原静十分兴奋，毫不设防，对雷克斯每一句带着目的的问话都如实回答。

远处的云层不断堆积，太阳彻底隐没了。气温越来越高，空气也更加闷热。小鸟不时从他们头顶飞过，留下一声清脆的叫声。当第一声闷雷穿过云层隐隐传来时，雷克斯得到了他想要的消息。

藤忠仁与很多媒体界的掌权人有来往，他有一个黑皮笔记本，常常会在上面记一些东西。但藤原静从来都没有接触过那个本子，因为藤忠仁每次写完都收进了保险箱里。

“好像要下雨了，我们得下山了。”雷克斯看了看天空说道。

似乎在回应他的话，几点雨滴打在青石板上，石板上顿时出现了几个圆点。

“有一次我来的时候还下着冰雹呢，等一下雨就会停的。”藤原静有些不情愿地说道。

“我们下次再来爬好不好？淋湿了会生病的。”雷克斯安慰道。

他们刚收拾好背包，蓝轩逸终于爬了上来，朝他们摇着手。

“下雨啦！”蓝轩逸上气不接下气地说道。

“快下山，快下山！”雷克斯催促着两人，跳下几级台阶。

雷克斯的选择是正确的，三人刚走了没几步，雨势就大了。到山脚时，三人已经从头到脚湿透了。

雨雾在山间弥漫着，到处是冰凉的雨水，草地上积了一层水。他们坐进车里，冻得瑟瑟发抖。车上没有热饮，三人的嘴唇有些发紫。

“我家最近，先去我家再说。”蓝轩逸当机立断发动了车子。

（6）

蓝轩逸家的别墅在“上帝之手”的十公里外。

车子驶入别墅时，天色已经暗得如同傍晚了，雨声越来越大。三人打开车门，飞快地冲进别墅。藤原静占据了唯一一间带瓷浴缸的浴室，雷克斯和蓝轩逸分别进了其他两间浴室。

古罗马风格的白色大理石墙壁中央，嵌入的黑色石块拼成一只黑猫的形状。大理石地板上摆放着一个半人高的木桶，桶中放着花瓣。白色墙壁凹入一块正方形的平台，平台上摆放着男式香精、沐浴乳、洗发露、洗面奶。

雷克斯观察着这些瓶瓶罐罐，每样化妆品都是海外产品，没有一个是艾特丽集团自己的品牌，更没有蓝震霆对外号称是“大自然的馈赠”的“艾丽儿”系列用品。

雷克斯拿起一瓶写满英文的洗发露，看了看，冷笑一声，拧开热水蓬头，让热水冲下来。很快，热气充满了整间浴室。

他脱下衣服，抬起头，让热水淋在身上。突然，他左腿的膝盖处传来一阵火烧的疼痛。他用手抹了一把脸，离开蓬头，弯下腰看着膝盖。一块硬币大小的伤口正在不断渗出鲜红的血，伤口边缘卷起一层细细的皮，显然是在爬山时不小心蹭破了。

雷克斯将血拭去，重新回到热水蓬头下，不再理会伤口。因为就算他不去管它，它迟早也会慢慢愈合的。自动结痂，掉痂，然后新的皮肤代替旧的，最终这道伤口将消失得无影无踪，仿佛从来没有出现过。

从小到大，他身上所有的小伤口都是任其自动愈合，不做任何处理。话说回来，他也不懂得怎么处理。记得小学五年级全班一起去春游，他的胳膊被树枝刮了两道深深的血痕，回家后，罗威只是让他用纸巾擦掉血迹，仅此而已。

久而久之，他的心中建立起某种信念，只要伤得不是很严重，那么就不必处理。作为一个男人，不该为这点事操心，尽管有时候的确很痛，但是忍一忍就过去了。

洗完澡，膝盖的伤口四周肿了起来。他用毛巾按了按伤口，将血水吸干，然后穿上棉布拖鞋，套着棉布浴袍走了出去。

浴室外一阵清凉，隔壁浴室传来一阵歌声，藤原静一边泡澡一边在唱歌，看起来很享受。蓝轩逸的浴室里传来哗哗的水声，看来他是第一个洗完的。

大厅很安静，没有开灯，一股淡淡的百合花香迎面扑来。

窗台边摆着细长的水晶花瓶，里面插着几枝百合。花正在盛开，翠绿的花杆中有几个花苞依附在花萼上。

靠东面的墙壁摆着简约的布艺沙发，沙发上随意散落着几个厚厚的四角形靠垫。整个大厅一尘不染，却并不冷清。这里的氛围淡雅温和，一洗庸俗的奢华气象，尽显女主人高雅的品位。

雷克斯慢慢地走进客厅，来到窗前，望着窗外的大雨。无数雨滴在玻璃窗上滑过，留下一道道水痕。天空阴沉灰暗，绿油油的草坪上弥漫着一层薄薄的雨雾。远处的树静默着，忍受着暴雨的击打，一股莫名的伤感在雷克斯的心中涌起。

每到下雨天，他都有这种感觉。在伦敦，他以为这是人们常常说的“怀旧”，但回国之后，他确切地知道这不是怀旧，而是一种他自己也无法解释的伤感。

他和大雨似乎有着某种羁绊，像一团解不开的丝线。一颗雨珠从空中飞旋而下，他几乎看得见它变幻的微光，他的手伸向玻璃去抓那颗雨珠。接近了，接近了……

最后一刻，他的手被玻璃挡住了，他眼睁睁地看着那颗晶莹的雨珠溅开，一刹那，他的心似乎也跟着碎了。

他愣愣地望着更多的雨珠溅碎，定在了原地。这些雨珠从天空坠落时在想什么？小时候，雷克斯看过一首诗歌，说“天空哭了，落下眼泪，那眼泪就是雨”。那么天空到底为何如此伤感？它的心事是否和他一样重重地压在心头，无法排遣，无人能听？

“你的腿在流血，孩子。”突然，一个温和的声音在他身旁响起，他吓了一跳。回过头一看，大厅的沙发旁站着一个女人，她用一种关爱的眼神看着他。

雷克斯打了一个冷战，定定地看着那个温柔的女人。她有一双漆黑的眼眸，像两颗黑玉一般明亮。在罗威给他的照片上，雷克斯见过无数次这张面孔。

他想象过第一次见到她的场景，他已经做好了万全准备，但此刻他依然有些无措。艾丽莎的眼神为何会这样温柔？

（7）

见雷克斯不说话，艾丽莎走向他，伸出手指了指他的膝盖，说道：“孩子，你受伤了。”

雷克斯机械地低下头望着自己的腿，膝盖一片通红，伤口边缘的皮肤被热水泡白了，伤口依旧渗着血，十分刺目。

“过来，孩子。”艾丽莎走向他，拉起他的手，将他拉到沙发旁，按住他的肩膀让他坐下，然后转身在沙发边的一个角柜里翻找着什么。

雷克斯的大脑轰轰作响，她刚才拉了他的手，他居然让仇人这么亲密地拉他的手！他居然让害死自己母亲的凶手拉了手！

一股自责和恼怒涌上心头，他转过头，发现一个小箱子出现在他眼前。

艾丽莎在他的对面坐好，打开医药箱，拿出酒精瓶、止痛药、消炎粉、

白色绷带，还有一瓶药棉，将他的腿抬到沙发上，卷起浴袍，露出膝盖。

雷克斯愣了半天才反应过来，艾丽莎居然要帮他处理伤口。真是可笑！他需要吗？他并不想接受仇人的虚情假意。于是他收回腿，没有理会艾丽莎。

艾丽莎十分严厉地说：“别动！”

雷克斯被这严厉的声音震住了，她的严厉和罗威对他的严厉有些不一样。不知道为什么，他就是没有办法去抗拒这个声音。他僵硬着身体，任由艾丽莎摆布，视线怎么也无法从那双拿着药棉的手上挪开。

“你这孩子真是的，伤得这么厉害还沾水，万一感染了怎么办？”艾丽莎一边小心地将酒精瓶盖拧开，往药棉上倒了一些，一边责备雷克斯。

伤得厉害？这点小伤在艾丽莎眼中居然算是“厉害”？雷克斯有些震惊。

“忍着点啊，可能有点痛。”艾丽莎晃了晃药棉。

雷克斯发现自己居然不由自主地点了点头，令他更加恐惧和震惊的是，他居然没有任何厌恶感，甚至还看着艾丽莎的眼睛。

为什么会这样？

突然，雷克斯的膝盖像被无数烫得通红的铁针扎了。

“啊——”他不由得喊了一声，伸出手抓紧了腿。

艾丽莎将药棉扔进盘子里，将他的手掰开，飞快地将另一块沾满黄色药粉的棉花按在伤口上。她不停地将黄色药粉撒上去，伤口上很快堆起了一座药粉小丘。

“好啦！”艾丽莎笑着端详着雷克斯的膝盖，仿佛完成了一个完美的作品，“先别动，得晾一下伤口，待会再绑绷带。”

雷克斯盯着自己的膝盖，红色的伤口变成了一片黄色，之前酒精带来的刺痛开始消退。印象中，罗威从未这样对待过他。

“一点小伤别这么大呼小叫的，雷克斯，你要当个男子汉。”

罗威的声音在他的耳边回响起来，他感觉额头上冒出了汗珠，嘴唇有些发干。正当他想喝点水的时候，一杯饮料及时递到了他的手里。艾丽莎再次坐到他对面，抱着一个靠枕，微笑着看着他。

雷克斯接过饮料喝了几口，发现是自己最喜欢的薄荷茶。嗓子不再那么干了，薄荷的清香在口腔中弥漫着。他将水杯放到桌上，轻声说道：“谢谢。”在这种情况下，他没办法不道谢。

“味道怎么样？洗澡时水分流失太多，一定要补充水分。”

“很好喝。”雷克斯没有否认，因为这是自己最喜欢的饮料。

“薄荷不算很新鲜了，两天前买的。轩逸说你可能会来家里做客，我一直准备着新鲜薄荷。”

听到这样的解释，雷克斯瞠目结舌地看着杯子底经过热水冲泡有些变黑的薄荷叶。

这居然是专门为他准备的！

在他的记忆中，除了预约的西餐厨师，还从未有人提前为他准备过薄荷茶。

“我听过你的每首歌，雷克斯。”从艾丽莎口中，雷克斯第一次听到自

己的名字，没想到他的心脏顿时剧烈地跳动起来。

“那您觉得那些歌曲怎么样？”雷克斯拿起杯子，又喝了一口茶。茶水淡淡的，很清凉。

“嗯……”艾丽莎思考了一阵，开口说道，“你的每一首歌都很有特点，不过……那首抒情歌，就是那首《雨中漫步》，我听了很多遍，一直不知道这首歌要表达的是什么感情。”

《雨中漫步》是雷克斯的唱片中唯一一首爵士音乐，他自己对爵士只是喜爱，并没有到深刻了解的程度。他并不想创作此类音乐，但为了使唱片多元化，制作人坚持放这首进去。

制作人的市场感很敏锐，这首《雨中漫步》成了排行榜的热门歌曲。但是说实话，雷克斯并不太喜欢，也对很多人感到失望，因为他们并没有听出这首歌真正的感情基调。

这首歌的前身是一首悲伤抒情曲，因为太过悲伤，他并不想继续创作。这首歌却被制作人看中，坚持让他重新编曲，以爵士的面貌出现。没想到艾丽莎偏偏挑了这么一首来点评，他突然很想听听艾丽莎怎么看。

“这是一首爵士，旋律很轻快。”艾丽莎继续说，“但是节奏这么轻快的歌曲，我却听不出一丝欢乐。每次听完，我总是感觉很……”艾丽莎望着雷克斯的脸，迟疑地说，“可能是我对音乐的理解不够透彻，不过你既然问我，我就应该把我的真实感受告诉你，对吗？”

雷克斯点了点头。

“我觉得你这首《雨中漫步》很悲伤。”艾丽莎将心里真实的感受说了

出来。

雷克斯的手颤抖了一下，杯子差点摔下来。他及时将杯子握紧，放回桌上。

“它很悲伤，我听完后觉得很难过。你别介意啊，你不会生气吧？可能是我不理解你的音乐。”艾丽莎有些不好意思地说道。

她懂这首歌曲，她懂你，哈哈哈！雷克斯，她懂你！

雷克斯听见了自己心里的声音，他的大脑突然嗡嗡作响，他觉得胸口有点发闷。一定是下雨空气太潮湿了，不然他为什么突然这么难受？难受得想躺下来让那些疯狂的叫喊声停止。

可是他不能休息，这是仇人的家。这个家庭的重要成员蓝震霆、艾丽莎，都是他的仇人。在他们身上，除了仇恨，他不可能找到其他东西。

雷克斯环视四周，仿佛如梦初醒，发现自己身处陌生的环境里。

他究竟怎么了？他竟然和仇人共处一室，还接受了她的关怀！太可笑了！雷克斯，你太可笑了！你地下的母亲看到这一幕，会有多伤心啊！

“该缠绷带了。”艾丽莎将绷带展开，剪断，四层折叠，变成一个四方形棉块按压在伤口上，又麻利地将四条药用胶带将绷带缠紧，“明天你再将绷带拆开，注意别沾水，别乱碰，大概两周之内就会好。”艾丽莎说着，扫了一眼雷克斯的脸，顿时愣住了。

“孩子，你不舒服吗？”艾丽莎担心地问道。

雷克斯“唰”地站起来，努力挤出一个笑脸，说道：“不好意思，我还有事，得先走了。”说完，他匆匆穿过客厅，回到浴室换了自己湿透的衣服。再次回到客厅时，蓝轩逸正站在客厅里擦头发。

“轩逸，我刚想起来还有点事，要先走了，我们改天再见。”雷克斯没有看蓝轩逸，也没有看艾丽莎，只是朝两人点点头，快步走出了门。

蓝轩逸跑到门口，不停地喊他。但雷克斯的车早已发动，驶出了大门。

艾丽莎疑惑地看着儿子，轻声问道：“出什么事了，轩逸？”

蓝轩逸摇摇头，望着车子消失的方向。大雨中，草丛被车轮压倒，像一排倒下的士兵，残破不堪。

（8）

傍晚，雨小了很多，尹洛雪回到家，一头倒在床上。

今天，主编将她叫到办公室，正式通知她停止“艾丽儿”的案子，改换调查全市居民对日常食品的满意度。尹洛雪差点当场与主编吵起来。

在之前压下了她连夜赶出的那份《有关“蓝震霆和藤忠仁的分赃阴谋”》通稿后，这是尹洛雪第二次想发飙。但是主编斩钉截铁地告诉她，要么换案子，要么走人。

“高长乐，你去死吧！”尹洛雪从床上坐起来，冲着空气大声地诅咒着主编，“去死吧！去死去死！死胖子，去死——吧！”尹洛雪使劲掐着枕头，想象着那是主编的肥脸。

“咚咚咚！”就在尹洛雪发泄怒火的时候，敲门声将她拉回了现实。

尹洛雪放下枕头，听了听，敲门声又响了起来。她走到门口，打开门，

玛丽婆婆提着一小盒泡菜站在门口。

“玛丽婆婆，快请进。”尹洛雪往一边让了让，礼貌地邀请玛丽婆婆。

“不了。”玛丽婆婆笑着将泡菜盒递给她，“这是给你的。洛雪，谢谢你上次帮我的忙啊。”

“哪里哪里，我倒是要谢谢您啊，玛丽婆婆，又给我送来这么好吃的泡菜。”尹洛雪开心地接过盒子，关心地问道，“玛丽婆婆，您的身体好些了吗？”

“好多了。”玛丽婆婆笑眯眯地看着她，“洛雪真是个好姑娘，如果能够和我的小主人交往，一定是很般配的一对。”

呃……和雷克斯交往？尹洛雪想起那天出租车司机说过类似的话。她飞快地扫了一眼阳台衣架上挂着的雷克斯的外套，脱口而出：“那……玛丽婆婆，您还要我帮您去给主人家送东西吗？”

“哈哈！洛雪，你是想认识我们小主人吗？”玛丽婆婆忍不住笑着说。

“啊，没有啦！”她只是想找个机会把外套还给雷克斯，玛丽婆婆一定以为她急着想和雷克斯交往了。尹洛雪的脸一阵发烫，幸亏楼道里的灯光不是很亮，否则一定会很丢脸，“我的意思是……呃……那个……我正好要出门，如果您有需要，我可以帮您。”

“洛雪要出门啊？天色有些晚了啊。”玛丽婆婆有些犹豫地朝楼道口望了望，“而且现在外面还下着雨呢。”

“呃……我……我出去有点事。”尹洛雪解释道。

“那就麻烦你再帮我给主人家送点泡菜吧，他们硬要我休息好再回去工

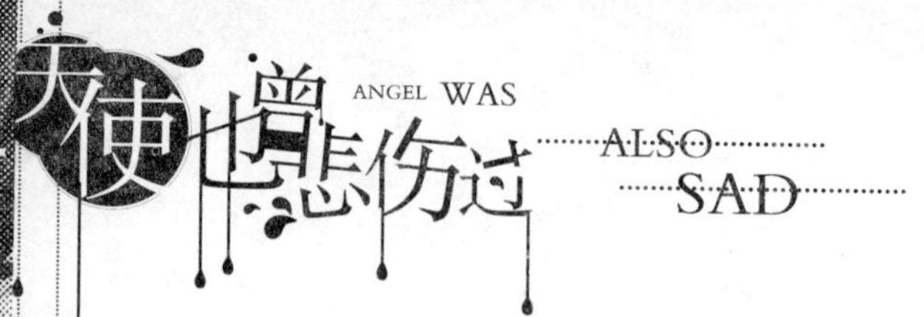

作，我已经好几天没有上班了。小主人很喜欢我做的泡菜呢，上次拿去的一定吃完了。”

“好啊，没问题，包在我身上！”尹洛雪爽快地答应了。

十分钟后，尹洛雪拎着泡菜盒，撑着雨伞下了楼。在她的右肩上挎着一个包，包里放着雷克斯的外套。一想到十分钟前自己和玛丽婆婆的对话，尹洛雪就有些难为情，她发现今天的自己和平时采访时那个口齿伶俐的自己完全不一样。

“那……玛丽婆婆，您还要我帮您去给主人家送东西吗？”

这句话太突兀太奇怪了，就像是另一个人借助她的嘴说出来的，问话的人似乎在极力寻找一个再次接近雷克斯的机会。她有点怀疑自己是不是因为从那场宴会回来之后，每晚梦到同一个画面，而开始对雷克斯有种特别的感觉。

梦中是一片熊熊的大火，她站在发生大火的工厂外，大声哭喊着“爸爸，爸爸”，突然一切消失了，雷克斯出现在她面前，打断了那个可怕的梦境，将她摇醒。

雷克斯，这个名字不断出现在她的脑海中，她发现自己开始留意报纸的娱乐版，甚至开始在网上搜索着有关雷克斯的消息。更不可思议的是，莫小小的关于雷克斯滔滔不绝的“演讲”也不再令她乏味。她最近一直处在某种过敏的状态下，而那过敏源就是这三个字——“雷克斯”。

“我可能病了。”下了公交车后，尹洛雪一边自言自语，一边快步朝别墅群走去。

风很轻，很凉，雨丝落在透明的雨伞上，凝聚成点点水珠。这里行人很少，偶尔有车驶过，发出一阵水花四溅的声音。虽然只来过一次，但雷克斯家的位置她已深深地刻在脑海中。

十分钟不到，那栋二层楼的简欧式别墅出现了。院中没有亮灯，整栋别墅掩没在黑暗中，那只可爱的绣眼鸟不见踪影，只有稀稀拉拉的雨声和风声。这一切告诉她，主人不在家。

尹洛雪推开潮湿的木栅栏门，走上小径，心中涌起一股失望。她打算将泡菜放在屋檐下的台阶上就走，可是刚走了几步，石子小径上突然跳出一个东西，发出清脆的哐当声，吓了她一跳。

尹洛雪低头细看，发现是一个空啤酒罐。再走近，蔷薇花篱后隐隐出现了一丝光亮，尹洛雪定睛一看，是雷克斯的英菲迪尼。

车头朝着她，两只车灯在夜色下反射出银色的荧光，仿佛两只圆圆的眼睛。车旁发出一阵细微的响动，草地上坐着一个人。

尹洛雪心里一惊，正准备转身跑开。

就在这时，一阵奇怪的声音飘进她的耳中，像是有人在唱歌，却语不成调，词不成句。

没有泪，

笑看你离去，

爱得起，痛得起。

多年后，

你是否记起，

这里曾下过一场雨。

多年后，

你是否记起，

这里曾下过一场雨。

是《雨中漫步》！

尹洛雪知道这首歌，这是最近在各大榜单上排名首位的雷克斯的新专辑歌曲之一。

那个声音有些颤抖，随即歌声停了，响起一阵笑声，那笑声让尹洛雪的背后生起一阵寒意。她轻手轻脚地避开蔷薇花篱朝声源处看过去，眼前的景象令她手一松，泡菜盒无声地掉在了草丛上。

不远处，雷克斯背靠着车门坐在草丛间，迷茫地望着前方。

他的脚边扔着六七个被捏瘪的啤酒罐，他的一只手在啤酒罐上打着节拍。雨水淋湿了他全身，湿漉漉的头发贴在额头上，水珠顺着他的脸颊滑落下来。

尹洛雪慢慢地走过去，在雷克斯身边蹲下，将雨伞撑在他的头顶上空。她没有出声，仿佛这是一个梦境，她怕将这个梦打破。

“掌声，掌声，这里需要掌声。”雷克斯喃喃自语，又断断续续地唱了起来。

又一次见到了与镜头前微笑的雷克斯不一样的一面，现在他的模样和这张惨白的脸让尹洛雪的心隐隐抽动。

“喂……”她忍不住小心翼翼地开了口。

雷克斯慢慢地转过头，望着尹洛雪。他的眼神是那么迷离，不知是雨水还是眼泪从他的眼里溢出，像极了无辜的受了委屈的孩子，正在用他那孤单无依的眼神望着她。

瞬间，尹洛雪的心里涌起一阵针扎般的痛楚。

“雷克斯，你……”尹洛雪伸出手去摇晃他。突然，她捂住了嘴，因为她看到了一个可怕的画面——

雷克斯的腿裸露在外，他的膝盖上有一团血迹，在雨水的冲刷下已成了糊状。整个伤口暴露在雨水中，伤口边藕断丝连地粘着一团绷带，像是被人猛力撕开却没有掉下去一样，就这样悬挂在他的膝盖上。鲜血顺着膝盖流下来，流入草丛中。

他到底经历了什么？尹洛雪咬紧嘴唇，说不出话来。

“喂！雷克斯，你怎么了？发生什么事了？”半晌，尹洛雪才克制住心中的恐惧。

雷克斯凝视着她，突然，他无声地笑了，那笑容如同天边的云一般破碎。

一股巨大的酸楚从尹洛雪的心脏传来，眼泪涌出了她的眼眶。

“雷克斯，你醉了，我扶你进去。”尹洛雪用力咬住嘴唇，向他伸出手。

雷克斯握住她的手，一阵寒意传遍尹洛雪全身，这只手不知道在雨中泡了多久，冰凉彻骨。

尹洛雪颤抖了一下，惊慌地看着雷克斯。

“你喜欢我吗？”雷克斯依然无声地笑着，眼神闪着迷离的光芒，他仿佛认出了她，又仿佛从未见过她，“你真心喜欢我吗？嗯？喜欢吧？”雷克斯轻声问道，像一个任性的小孩缠着大人想要得到认可。他将脸靠近尹洛雪，像故意逗她玩，又像极为认真。

尹洛雪觉得自己快要停止呼吸了，她的身体变得僵硬起来。

“你……你醉……”尹洛雪想要抽出手，可是还没等她的话说完，她的嘴唇就被另一张嘴唇覆盖了。

尹洛雪的大脑轰然炸开，仿佛有一片耀目的星云在她的眼前升起。雨伞从她的手中滑落下来，落在湿漉漉的草地上，啤酒的苦涩味道在她的唇舌间萦绕。

她慢慢地闭上了眼睛。

风声轻柔，草木无声。

雨丝像纷纷扬扬的透明蚕丝将两人包裹起来。

沙沙——

沙沙——

沙沙——

第三章 CHAPTER 03

秘密恋人

（1）

雷克斯醒来的时候已经是第二天上午九点了。

阳光透过窗帘的缝隙射进卧室，床头的方形夜光表在嘀嗒地走动着。

雷克斯揉了揉有些痛的太阳穴，习惯地拿起手机看了看，发现有五个未接来电，都是经纪人打来的。还有八条短信，三条是经纪人询问自己为何不去练舞，剩下的都是藤原静约自己出去的短信。

自己怎么会睡得这么死，居然一点都没听到手机铃声？带着疑惑，他查看了一下手机左侧的声控键，发现手机不知道什么时候被调成了静音，而自己从来都没有设置静音的习惯。

雷克斯闭上眼睛，始终没有想出个所以然。不过，他似乎很久都没有像昨晚睡得那么安稳了。他将手机扔在一边，掀开被子，这时，他感觉到了有些不对劲。

他怎么会穿着睡衣？平时他都是裸睡的啊！雷克斯抬起脚准备起床，却发现膝盖有些痛。他卷起裤腿，发现膝盖上居然贴着好几块创可贴。

这究竟是怎么回事？雷克斯揉了揉头发，皱着眉头，努力回想这一系列不对劲的地方究竟是什么。他清楚地记得，昨天自己已经将绷带撕掉了。

昨天去爬山，然后去了蓝轩逸的别墅，最后回家，回家后发生了什么？

那些记忆像是被浓浓的大雾掩盖了，什么都看不清。他只能模糊地记得自己买了不少啤酒，好像刚开始在车中喝酒，后来似乎打开车门坐在了草地上……

那他是怎么回别墅的？昨晚似乎在下雨，对，是在下雨。然后呢？记不起来了。

他晃了晃脑袋，停止了回忆。幸亏罗威这几天出去作学术报告了，否则让他知道自己这样稀里糊涂的，一定会挨他一顿骂的。

雷克斯走到窗前，拉开厚重的米色窗帘，阳光照射进来，有些刺眼，他不得不用手挡了一下眼睛。

窗外，天空蓝得不可思议，纯粹得令人惊叹，仿佛一块透明的蓝冰。这种蓝，画家无法下笔，因为它美得不像真的。打开窗户，一阵清新的空气扑了进来，带着淡淡的蔷薇花香。昨天的大雨早已停了，小草绿油油的，蔷薇花篱上还留着昨天的雨水，在阳光下闪着剔透的光。

真是好天气！雷克斯笑着伸了个懒腰，转身走进了洗手间。用凉水洗脸后，他的大脑清醒了很多。大厅里依旧很安静，玛丽婆婆身体不好还在休假，罗威也不在家，最近只有他一个人，所以习惯了这种安静。

雷克斯从冰箱里拿出一壶冰水，倒进浅口玻璃杯里，刚喝了一口就被什么吸引了。大厅偏南的长桌上盖着一个帐篷形的小纱罩，最近他都在外面吃饭，怎么会有这样的东西？难道是玛丽婆婆提前回来了吗？

他快步走了过去，拿开纱罩，眼前的一幕让他愣住了——桌上摆着几个碟子，碟子里盛着金黄的煎蛋、小片煎火腿，还有烤好的全麦面包，碟子旁

边还立着一个保温壶。他放下水杯，拧开保温壶的盖子，一股热腾腾的香味飘上来，是米粥。

他注视着这一切，大惑不解。这精心制作的早餐完全不像是玛丽婆婆平时做的早餐，这些东西是从哪里冒出来的？莫非他家有一个田螺姑娘，夜里趁他睡着时把他的手机调成静音、帮他换了睡衣、贴了创口贴、做了早餐？

他自嘲地笑了笑，端起保温壶，这才发现保温壶底压着一张字条。他赶紧拿起来，发现字条下还有几片创可贴。

早餐如果凉了，你就用微波炉高火加热一分钟，出门前记得换一下创可贴，经常换，伤口才会愈合得快，这期间不要再沾水了。

尹洛雪

尹洛雪？

这个名字在雷克斯的脑海里飞快地闪过，他皱紧了眉头，记忆的闸门打开了……

雨一丝丝地飘着，有人朝他走了过来……有人蹲在他的身边推了推他，喊着他的名字……

“喂……”

没错，是个女子的声音。

那张脸也渐渐清晰起来，一双明亮的眼睛，有些忧郁。

昨晚尹洛雪来别墅了？昨晚到底发生了什么事？他居然连她为自己做了这么多事都不知道。

雷克斯感觉太阳穴疼得更厉害了，他总觉得忘了什么重要的事，但究竟是什么事呢？

他五指并拢，按了按眉头，希望有助回忆。但是没有用，他还是什么都想不起来。他最终放弃了，就算有什么重要的事情，以后再弄清楚吧。

雷克斯在长桌前坐下来，拿起叉子，叉了一块煎蛋放进嘴里，味道不错。有现成的早餐吃也不错，不管昨晚发生了什么，看来自己没有闯祸，不然尹洛雪也不会帮自己准备早餐了。他又叉了一块火腿，将粥倒进小碗里，喝了一口粥。

胃很舒服，他的眉头也舒展开来。最近忙着准备演唱会，已经很久没好好吃一顿饭了。常常一个汉堡或是一个便当就解决问题，更别提认真吃一顿早餐了。

“雷克斯！”雷克斯刚喝了一口粥，就被别墅外噩梦般的叫声惊得差点呛到。他赶紧咽下粥，转过头朝外看去，刚刚好起来的心情又跌回了谷底。

不速之客完全没有察觉到自己不受欢迎，依旧站在窗户外，朝他欢快地挥着手，喊着他的名字。

雷克斯低下头，眨了眨眼睛，再次抬起头时，已经换上了温和有礼的笑脸。他不知道自己对藤原静还有多少耐心，恐怕时间再久一点，他就会忍不住将这个聒噪的女人扔进垃圾桶。

“扔进垃圾桶，真是个好主意。”雷克斯边朝门口走，边嘀咕着。

打开门后，他已经准备好向两个人打招呼了，藤原静，还有带她来的蓝轩逸。除了急于要摆脱藤原静的蓝轩逸，还有谁能将这个女人一竿子支到他这里来？可让他感到意外的是，蓝轩逸并不在场。

“嗨，雷克斯！”藤原静的笑容十分灿烂。

“嗨！”雷克斯微笑着和她打招呼，有时候，他真的很讨厌扮演这种绅士，“轩逸呢？他没和你一起来吗？”

“哦，他去约会了。”

“约会？”雷克斯有些诧异地问道。

“是啊，轩逸有个秘密恋人，常常秘密约会。”藤原静做了一个鬼脸。

“秘密恋人？轩逸有女朋友？”雷克斯有些意外。

“可能是吧，谁又知道呢？神神秘秘的，还不让我跟去，我猜肯定是不可告人的关系。估计是爱上了哪个老女人，怕我们笑话他。”藤原静端详着早餐，转过头问，“雷克斯，这是你做的吗？”

“你来我家有什么事吗？”雷克斯揉着太阳穴，没有回答她的话，打起精神问道。

“有啊，当然有！”藤原静点了点头，永远是一副充满活力的状态，“我今天打算陪你去练舞。你不知道吧，我在国外念书时可是学校啦啦队的成员呢！”没等雷克斯想出拒绝的理由，藤原静已经拿出了一套桃红色的紧身衣，“看，好看吧？哈哈，这可是今年的最新款，我抢在第一时间买到了，我的舞蹈功底一定会让你大吃一惊的！”

雷克斯皱了皱眉头，幻想着自己将藤原静整个人塞进那桃红色的紧身衣里，包成一个球，从窗口使劲扔出去。

“那个，藤原静……”

“叫人家小静啦。”藤原静使了个眼色。

雷克斯深呼一口气，说道：“好，小静。我不能带你去，我们练舞队是有规定的……”

“练舞后带你去我家骑马，我爸爸新买了一匹英国纯血马，速度超快！”藤原静不管不顾地打断了雷克斯的话。

雷克斯收回后半句话，他的脑海中闪过一个黑色的笔记本——藤忠仁常年锁在书房保险柜中的笔记本，那里有他需要的东西。

“之前的阿拉伯马不算快……对了，你刚才说练舞队怎么了？”藤原静将紧身衣放进包里，抬起头疑惑地看着他。

“哦，没什么，我是说练舞队规定的练习时间太长，我怕你嫌累。不过我想你一定愿意陪我练完的。”雷克斯飞快地改口，走到桌旁，拉开一张凳子，“一起吃早餐吗？”他望着藤原静说道，笑容格外迷人。

（2）

从百合山上下来后，尹洛雪乘坐公共巴士准备回报社。她将脸贴在玻璃上看着车窗外，路边的红松很茂盛，阳光在针叶上跳动着。她的眉头一直没有舒展开，心中的疑惑越来越大。

今天是爸爸的忌日。尹洛雪带着花去祭奠时，发现他的墓碑前又出现了一束陌生人送的百合，二十多枝包装精致的百合花与天星草静静地放在爸爸的墓碑前。尹洛雪没有在花束中找到任何卡片或者送花人的信息。大约有好几年了，每次到了爸爸的忌日，这个陌生人从来不会迟到，但每次总是赶在尹洛雪之前离开。

看着爸爸的墓碑，尹洛雪十分难过。爸爸已经去世五年了，但他的脸还是那么清晰地印在她的脑海中。对于与爸爸同年去世的妈妈，尹洛雪的印象却有些模糊。妈妈总是很忙，身为护士长的她有照顾不完的病人，从小陪尹洛雪玩耍的除了玩具就是爸爸。

爸爸……

尹洛雪望着湛蓝的天空，公共巴士在行驶，天边的云却静止了，如果幸福的时光能够停留，那该多好。

宽阔的柏油路无限延伸，一辆黑色爵士车出现在公共巴士后面，飞速超过巴士，朝前方的大路狂奔而去。爵士轿车驾驶座位上的蓝轩逸正想着心事。

爵士轿车驶进艾特丽集团总部的停车库，蓝轩逸摘下耳机，快步走进大楼。他脸色阴沉，一副心事重重的模样，连前台小姐的问候都未予理会。

这次蓝轩逸闯入总裁办公室时没有遭到秘书的阻拦，秘书安静地坐在自己的办公桌前，看着他打开办公室的门走进去，然后低下头继续做自己的事。她早已被告知，如果蓝部长执意闯入，她不必阻拦。

蓝震霆正在通电话，见蓝轩逸闯进门，立刻和对方道了“再见”，便挂断了电话。

“什么事？”蓝震霆放下话筒，翻开面前的资料，拿出笔，无声地告诉对方“我很忙，请长话短说”。

“这是怎么回事？”几张白纸出现在蓝震霆的眼前。

白纸上的黑体字很醒目——“藤氏集团对‘艾丽儿’营销的第一阶段细则”。

“这是工作报告。”蓝震霆面无表情地说道。

“你让藤氏成了‘艾丽儿’的分销商！”蓝轩逸瞪着父亲说道，“你非但没有将‘艾丽儿’处理掉，竟然又为它找了分销商！你到底要做什么，爸爸？”

“这里是公司，你至少该尊称我一声‘蓝总’，而不是这么没礼貌地大喊大叫。”蓝震霆表情紧绷，冷冷地瞪着蓝轩逸。

“你为什么要这么做，蓝总？”蓝轩逸降低了音量，却压抑不住心中的怒火。

“公司总裁做的决定什么时候需要征求部长的意见了？”蓝震霆翘起二郎腿，转动着旋转椅。

“‘艾丽儿’是有毒的，是害人的！”蓝轩逸大声吼道。

“那又怎样？‘艾丽儿’的负面新闻已经消失了。”蓝震霆站起身，双手在桌上拍了一下，发出一声巨响。

蓝轩逸难以置信地看着父亲，双方对视了许久，他才开口说：“这就是你找藤氏合作的原因，因为藤氏可以帮你打通媒体？”

“我说了，这是上层管理者的决定。”蓝震霆冷冷地说道。

“我是推广部部长，有权力参与决议！”蓝轩逸提高了音量。

“现在你已经不是了。”蓝震霆重新坐到旋转椅上。

“什么？”蓝轩逸愣住了。

“你的部长职位已经撤销了。”蓝震霆将一个蓝色信封递给蓝轩逸，“这是明天去英国的机票和金卡。你最近太累了，我希望你能休息一段时间。”

“是谁撤销的？是谁？”许久，蓝轩逸才反应过来，双手撑在桌上瞪着他的父亲。

“我想我有这个权力。”蓝震霆将信封推过去一点。

“你滥用职权！”

“出去。”蓝震霆指着门口说道。

“外公不会允许你这么做的！”蓝轩逸不满地大喊道。

“出去！”蓝震霆按下了办公桌上的电铃。

门开了，秘书站在门口。

“如果不是因为担心外公的身体，我不会给你这么久的时间处理这件事。”蓝轩逸低声说道，眼里冒着怒火。

“你现在去说还来得及，你也有这个权力。但是我先警告你一声，如果他老人家出了什么事，你要负全部责任。”

蓝震霆脸上那似笑非笑的表情让蓝轩逸感到格外陌生，他将机票撕得粉碎，然后紧绷着脸转身离开了。

（3）

雷克斯今天最后悔的决定就是带藤原静来练舞。

本来以为将藤原静介绍给舞队成员，让她参与练习，一切会顺利结束，但是意外状况接连不断。练习不到半个小时，藤原静就开始抱怨鞋子不合脚，怕磨出血泡。当全体成员停下练习等她查看脚时，发现只是一颗米粒大小的石子在作祟。

雷克斯安抚着大家的情绪，让大家尽快找回感觉。但是舞曲刚开始，藤原静又喊停，说放错了曲目，这首欢快的曲子没有在雷克斯的唱片中出现过。

雷克斯平静地看着她，说这是经过自己重新改编后的主打歌，并尽力挤出笑容告诉藤原静，他们的时间不多了，舞队成员要抓紧时间练习。

“当然，一切都听你的。”藤原静挽着雷克斯的胳膊，笑嘻嘻地撒着娇。

雷克斯抹掉额头上的汗，很想一拳挥过去，但他最终还是忍住了，因为心里一直惦记着黑色笔记本。

之后的练习还算顺利，除了藤原静对某个舞蹈动作提出自己的意见未被采纳后，她就安心地练习了。整个舞队的成员一直板着脸，没有了平日的欢声笑语。

雷克斯希望一切到此为止，不希望藤原静再来挑起他的怒火。但是一个小时后，一声尖叫打破了好不容易恢复的平静。当时雷克斯正在做一个高空跳跃的动作，双脚没站稳，差点摔倒。

“谁在鬼喊鬼叫？”雷克斯恼怒地问道。

这是他的第一场演唱会，他看得比生命还重要。他日夜不休地练习，就是为了那一晚完美的展现，可是现在……

“人家的脚崴了，好痛啊！”藤原静抱着左脚坐在地板上，眼泪汪汪地看着他。

雷克斯顿时觉得血管都要爆开了。他按压了一下太阳穴，蹲下身问道：“怎么样，我送你去医院吧？”

“可能是扭到了……”藤原静倒抽着凉气，脱下鞋子，然后将袜子脱下，脚踝有些肿了。

雷克斯的直觉告诉他，藤原静不是没事找事，似乎真的很严重。看来今天的练习只能到此为止了，必须送藤原静去处理伤口，也许这是一个很好的机会。

想到不用等练习结束才能去藤原静家，雷克斯的表情缓和了许多。

“来，我送你下楼。”雷克斯伸出一只手揽住藤原静的腰，另一只手抱住藤原静弯起的双膝。

舞队成员们开始窃窃私语，藤原静脸颊绯红，但十分欣喜地揽住了雷克斯的脖子，让他将自己抱起来。她咬着嘴唇，偷偷地看着雷克斯的脸，心怦怦跳个不停。

“今天先练习到这里，大家辛苦了，明天见。”雷克斯和舞队成员道别后，抱着藤原静转身离开。可是他们刚推开排练厅的门，外面就响起了一阵惊呼声，闪烁的镁光灯刺得他的眼睛微微眯起。

雷克斯心里一惊，没想到记者会守在排练厅外。“咔嚓咔嚓”的快门声让他心烦意乱，于是他加快了脚步，拐进另一条通往别处的走廊，打算先等等再离开。

“天啊！那个女人是谁？难道雷克斯有女朋友了？”莫小小一边按着快门，一边大叫。莫小小身边的尹洛雪一阵懊悔，她真的很后悔跟着莫小小一起来这里。

她本来不想来的，可是经不住莫小小的软磨硬泡，还是来了。换在两天前，她很愿意来，但是自从昨晚发生那件事后……啤酒的苦涩味道似乎再次出现了。

她的心情很复杂，她害怕再见到他，却又想见到他。最终，她还是来了。她告诉自己，今天来探班不是为了见雷克斯，而是她今天休假出来散散心。但是此刻，她看到雷克斯抱着一个漂亮女子匆匆拐进长廊，她的五脏六腑都翻腾着苦涩，她真的不该来。

这种激烈的情绪令尹洛雪十分吃惊，没想到这一幕会刺激到她。

她不是一直都知道雷克斯是全民偶像吗？他这样的男人总会有几个关系亲密的异性朋友，就算他同时有几个女朋友也不稀奇啊。

他抱着一个漂亮的女子出现在大家面前，这是正常不过的事情。她是伴舞成员吗？有可能是，也有可能不是。

虽然只是匆匆一瞥，却依然看得清那个女子很美。身材玲珑，脸庞秀丽，一双大眼睛十分有魅力。她紧紧地搂着雷克斯的脖子，脸贴在他的胸前。

（4）

人潮涌动起来，尹洛雪被挤到一边。等她回过神来，发现记者们早已到了大厅的另一边，将刚出现的经纪人围住进行采访。她一个人站在走廊的入口处，一瞬间，她的脑海中居然闪出那么多念头。她这是怎么了？

尹洛雪在纷乱的思绪中理出一条思路——她得先离开这里。她失魂落魄地迈开脚步往外走去，甚至忘了和莫小小打招呼。她漫无目的地乘坐电动扶梯下了楼，电动扶梯很长，两旁是明净的玻璃，泛着晶亮的光芒。

下了电动扶梯，她朝大门走去，却发现那里没有街道，没有来往的人群，大门不见了，只有一间咖啡屋。有人越过她走进咖啡屋，回过头好奇地看了她一眼。咖啡屋内的落地窗边有一张蓝眼金发的西方面孔，落地窗映着她的身影，模糊而孤单。

她回过神来，这才发现自己已经走到了地下一层。这一层全部被这间咖啡屋占据了。她想了想，最终推开门走进了咖啡屋。

咖啡屋里的人不算多，装潢别致高雅，大厅很宽敞，布艺沙发错落有致地摆放着。大厅中央有一个小小的舞台，钢琴师正在上面演奏《卡农》。

尹洛雪选了一个靠角落的位置坐下，侍应生优雅有礼地送上咖啡单。她心不在焉地翻着咖啡单，眼前又浮现出雷克斯抱着那个女子离开的情景。等她回过神来，发现自己的手停在最后一页长达一分钟。

侍应生还在一旁耐心地等待着，她胡乱地指着其中一种饮品说："麻烦给我来一杯这个，谢谢。"

侍应生礼貌地收起咖啡单，目光有些异样。

不知道是开了空调还是其他原因，尹洛雪感觉脸上凉凉的，她好奇地举起手擦了擦脸颊，惊讶地发现手异常冰冷，而且手指上还有水。

她愣住了，又擦了擦另一边脸颊，终于明白那凉凉的东西是什么了。她想起了侍应生异样的目光，于是环顾一下四周，飞快地站起来走进洗手间。

镜子中，她看到冰冷的液体挂在自己的脸上，眼眶的红色已经退去，鼻尖还有些泛红。对着镜子，她忍不住嘲笑自己。

怎么了，尹洛雪？难道你有什么不切实际的幻想？别逗了，只不过见过几次面，而且每次都是在你最狼狈的情况下，你们连认识都算不上。

可是最后一次……

另一个小小的声音反驳着。

那又怎么样？是的，他是吻了你，那是你的初吻，但是和一个明星接吻，这不算很坏的情况不是吗？莫非你认为这个吻会让你们之间的关系有什么改变吗？别忘了，他当时喝醉了，根本不知道你是谁，更不知道发生了什么事！

想到这一点，尹洛雪一阵心痛。那个吻对他来说没有任何意义，对自己也不该有任何意义，那只是一个意外。

尹洛雪吸了吸鼻子，抽出一张纸巾，拭去脸上的泪水。接着匆匆转过身，推开门。随着一声惊呼，以及杯子跌落在地上的声音，橘黄色的橙汁洒了一地。

“你怎么走路的？”

一个胖子站在她面前，小眼睛里迸出怒火，他身上那件宽大的T恤被泼湿了一大片。

“对，对不起……”尹洛雪不停地道歉。

“我的衣服都湿了，饮料也洒了，你说怎么办？你让我怎么去见客人？”胖子一声比一声高。

听到争吵声，一个领班模样的人匆匆走过来。胖子激动地用手比画着，告诉领班尹洛雪如何撞到自己，又如何将自己的橙汁撞翻在地。

尹洛雪被胖子的尖叫声弄得头昏脑涨，虽然她并不记得自己曾撞过什么人，可是此刻她只想快点结束这可怕的场面。

“不好意思，我不是故意的。”尹洛雪从包里掏出钱递给胖子，可是一个陌生的年轻男子出现在她前面，把她的手推了回去。

胖子眯着小眼睛，警惕地看着这个不速之客。

“这位先生，你没带钱也不该用这种手段吧？你这么对待一个女士，是不是不太合适？”年轻男子冷冷地说道。

领班看了看他，又看了看那个胖子。

“喂，你是从哪里冒出来的？”胖子开口说道。

年轻男子面朝领班，把自己看到的一切告诉他：“刚才在洗手间里，我无意间听到这位先生给他的朋友打电话，让他的朋友给他送钱来付账。看情况，他的朋友并没有答应。”

胖子涨红了脸，挥舞着拳头，大声吼道：“你是什么东西？谁让你管别人闲事了？”

“我是她的男朋友，你最好离她远点，我不想动粗。”年轻男子态度坚定地说道。

胖子退缩了，大口地喘着粗气。领班当机立断，用对讲机喊了保安人员。胖子拔脚就跑，这时两个保安冲了过去。

“人渣。”尹洛雪听到年轻男子低声咒骂了一声。

她回过神来，对他说：“谢谢……”

年轻男子转过身，尹洛雪吓得往后退了一步，居然是雷克斯！

（5）

咖啡屋里柔和的灯光打在他的脸上，看上去就像一幅精致的画，他的眼里闪着点点光亮。尹洛雪眨了眨眼睛，定睛一看，才发现自己看错了。她面前的这个男子虽然和雷克斯长得有些像，但他不是雷克斯。这一秒，她听见自己的心因为失落而沉下去的声音。

“吓了一跳吧，尹洛雪？”年轻男子笑了笑，他笑起来和雷克斯更像了。不同的是，他的笑容很纯粹，让人能够感受到他笑容背后的真诚。

“你怎么知道？”尹洛雪睁大了眼睛。

“尹洛雪，青云大学新闻系，每天必去的地方是图书馆，每天必喝的东西是青柠蜜柚茶。入学后参加了两个社团，演讲协会与商务英文小组，大学二年级退出了演讲协会。怎么样，都正确吗？”

“你，你……”尹洛雪的第一个想法是，对方是跟踪狂！但是没有理由啊，这都是多年前的事了。

看到她目瞪口呆的表情，男子又笑了笑：“我是你的学长，你对我真的一点印象都没有吗？”

身材挺拔，面容俊美，衣着雅致时尚，可是为什么她从未在大学里见过这样的男生呢？

“对不起，我想不起来了。”她不好意思地咬了咬食指。

对方宽容地笑道：“没关系，现在知道也不晚。对了，我还没介绍自己呢，我叫蓝轩逸。”他向她伸出手。

“蓝轩逸……”尹洛雪握了握他的手，心想，这个名字真的很特别，但她的记忆中实在找不到这个名字。

两人走回大厅里，蓝轩逸邀请尹洛雪与自己坐在一起，尹洛雪欣然答应了，并让侍应生把刚才胡乱点的柠檬汁送过来。

两人聊着天。尹洛雪十分佩服蓝轩逸的记忆力，大学毕业那天，她把学士帽扔得太高挂在了树梢上，同学们费了很大劲才帮她取下来的事，她都快忘记了，蓝轩逸居然会知道并且还记得很清楚。

“蓝轩逸，既然你知道我这么多事，为什么在学校念书的时候你不来找我，让我认识你呢？”尹洛雪疑惑地问道。

蓝轩逸笑着说道：“因为你人气很高，不容易接近啊。”

听到这样的解释，尹洛雪不由得笑了起来，但是笑容很快就僵住了。蓝轩逸背后站着一个人，是雷克斯。这次真的是他！尹洛雪感觉到雷克斯的目光飞快地扫过自己，也许是错觉，但她的心跳还是不由自主地加速了。

“轩逸，这就是你的秘密恋人？”一个娇滴滴的女声兴奋地问蓝轩逸。尹洛雪这才发现雷克斯怀中还抱着那个女生，她的心情立刻跌到了谷底。

“你怎么了？怎么让雷克斯抱着你？”蓝轩逸转移话题说道。

“她跳舞的时候崴到脚了，外面有记者，我们暂时不方便出去。”雷克

斯将女生放在沙发上，然后在一旁坐下。此时，尹洛雪感觉嘴里的柠檬汁有些难以下咽。雷克斯挥手招来侍应生，要了一杯薄荷茶。

“我要红豆冰！这里的红豆冰很甜。”显然藤原静是这里的常客。

雷克斯不再说话，随手拿起一本时装杂志翻了起来。

“喂，蓝轩逸，你很不够朋友哦，为什么不给我们介绍一下啊？也不是什么老女人啊。”藤原静一边调侃蓝轩逸，一边上下打量着尹洛雪。

“什么老女人？”蓝轩逸问道。

“呃……那个……我们以为你躲着我们是因为和老女人……”

“没有‘我们’，只有你一个。”雷克斯打断了她的话。

“你总是说要去约会，我以为和你约会的是个老女人，所以你不好意思让我们知道。”藤原静笑嘻嘻地看着尹洛雪，“看来你的眼光还不错嘛。”

“藤原静，你少说两句没人当你是哑巴。”蓝轩逸瞪了她一眼，“这里没有什么秘密恋人。”

藤原静发出“啧啧”声，笑着扫了尹洛雪一眼，露出一副了然的表情。

“好啦，你说什么就是什么。”接着，她对尹洛雪眨了眨眼，“你好，我叫藤原静，很高兴认识你。”

“你好。”尹洛雪礼貌性地应了一声，喝了一大口柠檬汁，酸得她皱起了眉头。

藤原静在尹洛雪的耳边小声说：“蓝轩逸是个表里如一的好男人，你可要好好抓住哦。”

“怎么茶还不来？”雷克斯突然烦躁地扔掉手中的杂志，站起来对藤原静说，“记者可能散了，我们先走吧。”

“可是我们叫的东西还没喝呢。”

“那你留下来慢慢喝吧。”雷克斯转身欲走。

“带我一起走嘛！”藤原静扯着他的衣角嚷道。

雷克斯弯下腰，表情僵硬地抱起她，然后对两人点头道别。

透过落地玻璃窗，尹洛雪可以清楚地看到电动扶梯在慢慢地上升。雷克斯侧着身子，面无表情。藤原静搂着他的脖子，笑得十分甜蜜。他们不断上升，上升，最终消失不见。

尹洛雪收回目光，发现蓝轩逸正意味深长地看着她。

见她回头，他马上移开了视线，说道：“那个……真是抱歉，我的朋友性格比较外向，希望她没有冒犯到你。”

“不会不会。”尹洛雪连连摆手，又端起柠檬汁猛喝了一口。这时，侍应生端上了雷克斯他们刚点的饮品，轻轻地放在尹洛雪的面前。

盛着薄荷茶的玻璃杯上方冒出一团缥缈的雾气，慢慢地，雾气消散在空气中，碧绿色的薄荷叶开始变暗，最终变成了黑色。

（6）

从医院外伤科出来，已经是下午四点钟了。

雷克斯将一袋药放在后座上，给藤原静买了一杯奶茶和一袋木糖醇。

“谢谢，雷克斯，你真是太体贴了。”藤原静马上拿出一颗木糖醇放进嘴里。她不知道的是，雷克斯给她买吃的其实只是希望她能够少说一点话。每次听到她的声音，雷克斯的太阳穴就会隐隐作痛。当然，他没必要将这个想法告诉对方，只是笑了笑，发动了车子。

藤原静的家在市郊外新建的豪宅区。藤忠仁很会经营，他天生有着商人对钱的敏锐嗅觉，见缝插针地投资，而且做事心狠手辣。他善于结交各类人物，整合手中的资源，才年过五十的他，资产已经达到了百亿，可是他还不知足。为了钱，他可以做任何事，他游离在法律与非法之间，是在针尖上跳舞的危险舞者。

正是这个嗜钱如命的人摆平了“艾丽儿”的不利新闻，他一向特别自信，却不知道他的女儿在他的背后捅了一刀，将一位危险人物带入了家中。

雷克斯将藤原静放在卧室的床上，给她拿了几本漫画书，然后以去洗手间为由出了门。

宽敞的屋子里空无一人，藤原静说她妈妈去了外婆家，爸爸在公司还未下班，保姆刚被她辞退，新的保姆还未选好。他的时间并不多，行动必须快速。

雷克斯上了二楼，准确地找到了藤忠仁的书房。书房的门紧闭着，他伸出手小心翼翼地去拧房门锁——门没锁。他的心里闪过一丝兴奋，打开门闪身进去，然后将房门轻轻关上。

比起这栋豪宅其他地方的装修，藤忠仁的书房显得格外简朴，书架很大，书不算多，只勉强摆满两排，大部分都是精装的大部头历史类。书架旁有一个红木衣柜，柜顶摆着一个青花瓷瓶。衣柜边立着一个一人高的老式座钟，透明的玻璃壳后，钟摆有规律地来回摆动着。

雷克斯屏住呼吸四处查找，可是怎么也没找到藤原静说的保险箱。他只好一个抽屉一个抽屉地翻找，所有的抽屉都没有上锁，可见藤原静在父亲面前还是很听话的，所有藤忠仁才会这么放心地没有上锁。

雷克斯翻看着成沓的资料，公司报表、财务账目，几块镶着金边的镇石下压着一叠女模特的照片和资料。在最下面的抽屉里，雷克斯发现了一些东西，是藤忠仁和蓝震霆来往的信件。

在电子通讯如此发达的今天，没想到藤忠仁还在使用老式的通信方式。

他飞快地将信抽出来，打开一看，里面的内容大部分是关于“艾丽儿”的营销方案，没有任何价值。

雷克斯一封封地拆着、看着，突然，一声巨响在书房里响起。他吓得回过头一看，发现是座钟敲响了。于是他拍了拍胸口，长叹一口气，抑制住疯狂的心跳。这时，他无意间瞥到窗外有一辆黑色的轿车驶进了大门，接着有两个人下了车。

雷克斯将全部信件放回抽屉，将抽屉关上，然后朝门口奔去，肩膀不小心撞上了衣柜。一个黑影从柜顶飞下来，雷克斯下意识地伸出手，青花瓷瓶的一角被他紧紧地握在手中。

开门声响起，两人的对话声变得清晰起来。

雷克斯飞快地将太师椅搬过来，站上去将瓷瓶放回柜顶上。

楼梯口传来一阵脚步声，然后是激烈的对话声，仿佛在争执什么。

放好瓷瓶后，雷克斯将太师椅搬回桌前，用衣袖飞快地在椅面上擦了擦，然后跑到门口。声音越来越近了，楼梯口正对着书房的门。

太迟了！门锁已经在转动了。

雷克斯瞪大了眼睛，心跳加速，他不停地环视四周……

（7）

门被推开了，两个男人走了进来。

“这边坐。”一个男人的声音隔着柜子传进来。

雷克斯一动也不敢动，连呼吸都放慢了。衣柜里面的空间很大，而且只挂着两套西服，所以完全能够容下他。是这个衣柜救了他，在最后一刻，他果断地打开柜门钻了进来。

他想起那天晚宴上被困在桌下的尹洛雪，想不到没过多久，他也遇到了这样的事。如果有机会，他一定要和她谈谈躲藏的经验。

想到这里，雷克斯的脸上浮起一抹笑容。在这种情况下还有心情开自己的玩笑，他真的很佩服自己的幽默感。

他的脸贴着柜门，透过缝隙，他看到藤忠仁倒了一杯茶坐在太师椅上，书桌对面的真皮沙发上，蓝震霆点燃一根雪茄，一脸疲倦地斜靠着。

“轩逸那小子让我很头疼，我撤除了他在公司的职务，可他不肯出国，老头子那里……就怕万一听到什么风声，唉……”蓝震霆吐出一口烟雾，“要不是我急需钱填补漏洞，也不会走‘艾丽儿’这步险棋。”

“你到底输了多少？”藤忠仁问道。

“别提了，上亿了。”

“赌城养的那帮追债的可不好惹啊。”藤忠仁喝了一口茶，说道。

“我能不知道吗？为了还债，不瞒你说，我现在除了怕‘艾丽儿’出事，还有别的麻烦。”

“怎么了？”

“唉……”蓝震霆重重地叹了一口气，“我把公司的股票私下抵押了。”

“什么？”藤忠仁放下杯子，惊讶地说道。

蓝震霆的脸被烟雾笼罩着，看不清他的表情，他的声音略显沙哑：“我能怎么办呢？利滚利，我更加没有翻身的机会了。难道我不还吗？我没办法啊，这件事如果让股东们知道，我就完了。”

“你全部抵押了？”

“没有，但是手里也不多了，只剩下最后的百分之五了。”蓝震霆拿起钳子将雪茄头剪掉，“老藤，我能不能翻身全靠你了，你得在‘艾丽儿’身上多费点心思啊！”

“放心吧，这里一切有我。”说着，藤忠仁和他聊起了营销方式。

雷克斯将目光收回，眼睛开始适应了四周的黑暗。衣柜中的物体轮廓开始清晰，一打白袜子，一个鞋盒，还有一个方形的小铁盒。他伸出手摸了摸，冰凉坚硬，是硬金属的外壳。

他的心猛地一跳，双手仔细地摸着盒子，他的手碰到了一个圆柱体的凸起物，上面有许多细小的纹路。这不是什么盒子，而是他一直想找的保险箱！

雷克斯费劲地从外套内兜里掏出一副听诊器，这是罗威从国外带回的新型产品，体积是普通听诊器的一半，品质却超高，分辨杂音的功能非常强。

他将U型听诊器的听音耳件插入一只耳朵中，另一只耳朵高度警惕着外面的情况。然后把捕捉声音的拾音器贴在保险箱的旋钮上，腾出一只手开始轻轻地拧动圆柱形的旋钮。

黑暗中，他的两只眼睛睁得大大的。破译保险箱也是罗威教他的，罗威曾买来上百种保险箱，让他研究结构。小时候，他的游戏就是开保险箱。现在手中的这种保险箱是德国生产的，具有最严密的防盗结构，但是难不倒他。

过了大约十五分钟，耳边传来一声轻微的“咔哒”声，成功了！

雷克斯将听诊器收起，小心地拧着旋钮，保险箱悄无声息地打开了。他将手伸进去，摸到一叠钞票，还有一些凉凉的硬物，也许是宝石。

推开那些杂物，雷克斯继续摸着。突然有种软软的，如同牛皮般的触感。他捏住一角，轻轻地拖了出来。借着手机的光，他看清了手中的东西，是一个极为普通的黑色笔记本。

他咬住手机，轻轻地翻开笔记本。上面用各种颜色的墨水写着字，显然是多次的记录。越翻越心惊，这薄薄的笔记本中记录着藤忠仁每一个重要的饭局和每一次大手笔的支出。他“输血”的地方有很多，其中一些还牵扯到高级官员。

雷克斯检查着日期，寻找他要的东西。日期最近的一页上方草草地画着一朵玫瑰花，玫瑰是艾特丽集团的标志。标志下有二十多条记录，清楚地记录着为了消除艾特丽集团的负面新闻，藤忠仁为蓝震霆安排了哪些饭局，媒体界每一个掌权人都出现在这份记录中。贿赂的钱数、饭局的时间、地点，包括饭局后带这些人去哪里消费，又花了多少，巨细无漏。

雷克斯将手机握在手中，打开拍照功能，对准这一页，所有的记录都被拍入了手机中。得到了想要的东西，雷克斯将笔记本放回，关上了保险箱。黑暗中，他无声地笑了，静下心来等待。

当初尹洛雪听到了蓝震霆与藤忠仁的阴谋，是不是像他一样觉得受苦很值得呢？那个女记者真的很奇特，不过藤原静说她是蓝轩逸的“秘密恋人”。

藤原静……突然他想到了什么。

自己出来这么久，藤原静居然一直没出声，难道她睡着了？

时间已经过去半个小时，雷克斯开始担心自己还要在这里待多久，他的

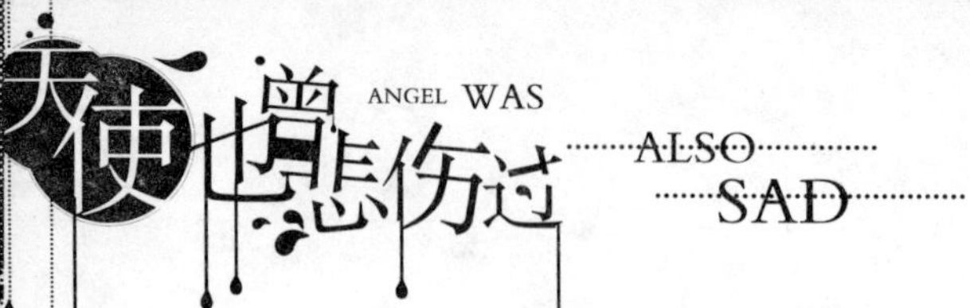

腿开始酸痛，脖子像要断掉一般。所幸，十几分钟后，他听到藤忠仁和蓝震霆离开书房的脚步声，接着是车子发动的声音，顿时周围静下来了。

雷克斯动了动腿，将柜门打开，缓了几分钟，脚终于有感觉了。他不禁同情起尹洛雪来，自己才躲了这么一下子就受不了，那晚整整进行了三个小时的晚宴，她是怎么熬过来的？

雷克斯将柜门关上后，又四下查看了一番，看不出被翻动过的痕迹，这才放心地走出书房。

他走到藤原静的卧室，藤原静露出一副沮丧的表情说："你刚才去哪里了？怎么这么久啊？"

"我刚才看到你爸爸了。"雷克斯答非所问，"我在洗手间也没顾得上打招呼，有点肚子痛。"

"幸亏你没打招呼，我爸爸不喜欢我随便带人来家里。我刚才都不敢出声，生怕他发现我在家。"藤原静的话让雷克斯感觉她很怕藤忠仁。

"既然你爸爸不喜欢你这么做，那你为什么还邀请我来？"雷克斯试探地问道。

"他一般都在公司，我哪知道他会回来啊。可惜我的脚崴了，马也骑不成了，真是对不起啊。"

"没关系，你能邀请我来，我已经很开心了，真的。"雷克斯露出真诚的笑容，左手捏了捏放在裤兜里的手机，笑意更深了。

第四章
CHAPTER
04
被遗忘的吻

（1）

蓝震霆从装修豪华的休养院走出来时，艾思哲那句“我能扶你坐上这个位置，也可以将你踢下去”在他的耳边不停地回响。蓝震霆满腔怒火不知道如何发泄，他在脑海中思索着事情的始末，希望能够找到始作俑者。

从早上看到那则新闻起，他已经让秘书挡掉了无数电话。一些是好事记者打来追根问底的，另一些是那些媒体界的掌权人打过来，询问蓝震霆那些秘密饭局的细节为何会在网络上疯狂地传播。蓝震霆不停地解释、道歉、表明自己的立场和态度，但是对方对他的诚意依旧表示怀疑，声称他出的那些钱可以随时退回，但后果也将由蓝震霆自己负责。

蓝震霆很明白所谓的“后果”是什么，这些媒体的掌权人不喜欢吃亏，“艾丽儿”的负面传闻将再次席卷而来，甚至比上次更加来势汹汹。

蓝震霆第一时间联系了藤忠仁。藤忠仁刚放下新一期的报纸，他让蓝震霆保持冷静，然后飞速回到了家中的别墅，查看了保险箱。笔记本原封未动，有关“艾丽儿”饭局的那一页依然安稳地留在笔记本上，但是内容怎么会出现在网络上？

藤忠仁与蓝震霆会面，开始排查所有的可疑人士，甚至将与“艾丽儿”对立的所有人员翻了个底朝天。最终，蓝震霆将目标锁定在儿子蓝轩逸身上，他一直以来对“艾丽儿”的反对让蓝震霆十分不安。

藤忠仁一言不发，似乎默认了蓝震霆的假设。蓝震霆叫来助手，让助手调查蓝轩逸最近接触的人。

这时，一个电话打了进来。蓝震霆伸手拿起座机的话筒，意外地听到一阵忙音，可是来电铃声依然不断响着，他这才发现是自己的手机在响。

这是他的私人手机，通讯录中是他的私人关系网，一般很少有人在办公时间给他打电话。情绪有些暴躁的他一度想挂掉电话，可是手机屏幕上显示的名字让他觉得有些陌生却又熟悉。

怎么会是他?

蓝震霆像是被泼了一盆冰水，他的怒火瞬间浇灭，一丝寒意代替了愤怒。最终，他还是接了电话。

“喂？”蓝震霆的心猛地揪紧。

“好久没有联系了，最近还好吗？”罗威平静的声音从电话那头传来。

“是啊，好久没有联系了，罗教授最近过得好吗？”蓝震霆看了看藤忠仁，尽量让自己的语气听起来平静一些。

“还好。”从罗威淡淡的语气中，蓝震霆猜不到他的意图。

“呃……罗教授，您找我有什么事吗？您知道，我最近有点忙……”蓝震霆不明白时隔二十多年，他早不打晚不打，怎么偏偏这个时候打电话给自己。

“有事，我不会占用你太长时间，只是希望你能赴约，我们面谈几分钟。”

“可是我真的走不开……”

“如果你不想我们上法庭叙旧，那么我想你能抽出点时间来。”罗威冷冷地说完，便挂了电话。

蓝震霆握着手机愣了一会，收到了一条短信，上面写着一个西餐厅的地址和见面时间。蓝震霆有点反应不过来，这突然冒出来的电话搅乱了他的思绪。他知道罗威不是爱闲聊的人，这么郑重相约，一定有重要的事情。

是什么让二十多年不联系的人重新联系上他？难道是若涵？

不，蓝震霆摇摇头，若涵早就去世了，在蓝轩逸上幼稚园的那年，他得知了这个消息。那么，不是若涵又是什么呢？

蓝震霆重重地跌回椅中，摩挲着下巴，许久才决定赴约。

西餐厅环境优雅，十分静谧，明媚的阳光透过玻璃照射进来，舒适宜人，但是大厅里空荡荡的。

蓝震霆走上二楼，在雅致的砖红色沙发椅间寻找着。大厅的角落里，一个人向他挥了挥手臂。蓝震霆理了理外套，走了过去。

罗威正在搅动杯中的咖啡，见他到来，做了一个“请”的手势。

蓝震霆拉开椅子坐下，点了份果蔬冷盘和玉米焗牛肉，双目注视着罗威：“罗教授，好久不见。”

“是啊，我们有二十四年没见了吧？”罗威悠然地说道。

“不知道您突然找我有什么事？我下午还要参加会议，所以我们可

以……”

“我不会占用你多少时间，只不过是拿回我的东西罢了。”罗威没有看蓝震霆，咖啡勺碰撞着杯边，发出清脆的叮叮声。

“你的东西？什么？”蓝震霆惊诧地问道。

罗威盯着他，一字一顿地说：“我的股份。”

“股份？”蓝震霆以为罗威在开玩笑，但是当罗威从包中拿出一张纸递过来时，他愣住了。那是一张办公用纸，上面的标题很醒目，也很熟悉——“艾特丽集团内部股份转让协议”。

蓝震霆看着落款处自己的亲笔签名，头脑一阵眩晕。

（2）

二十四年前。

那天，天色阴沉，暴雨将至，他在罗威的办公室里将这份协议递给对方。

身穿白色医生服的罗威坐在办公桌后，办公室天花板上的白炽灯发出明亮的白光，窗外大风肆虐，闷雷迭起。

蓝震霆开口说道：“罗威教授，请您收下这个。这是艾特丽集团的股份转让合同，我已经签了字。我向您承诺，一旦我成为艾特丽集团的继承人，我将会转让给您百分之五的股份。这是我的谢意，也是我对若涵的歉意，请您务必收下……”

罗威将咖啡勺在瓷杯边上轻轻地敲了一下，一声清脆的声响令蓝震霆从回忆中惊醒过来。

“这家的咖啡豆很新鲜，你不点一杯尝尝吗？”罗威把勺子放在碟子里，拿起杯子，慢慢地抿了一口，露出满意的笑容。

“你，你还保留着……”蓝震霆盯着那张纸，将它轻轻捏起，喃喃地说道。突然，他很想将它揉成一团毁掉，可他知道这是没用的，因为这只是一份复印件。

罗威发出一阵爽朗的笑声，笑得眼泪都流出来了，与蓝震霆阴沉的脸色有着明显的对比。笑声又猛地停住，像被利刃切断了一般。

“怎么？这份协议不是你要我务必收下的吗？你大概没忘记是谁帮你的妻子进行试管婴儿手术，并且取得空前成功的吧？”

蓝震霆脸色惨白，不安地端起杯子喝了一口水。

“我帮你得到了一个儿子，这也是艾特丽集团最终肯将掌权人之位交给你的重要原因之一。”罗威一针见血道出二十多年前蓝震霆的秘密。

蓝震霆没有说话，太阳穴隐隐作痛。他重重地靠在椅背上，脑海中浮现出尘封已久的记忆。

爱丽丝医院的贵宾加护产房外，身穿蓝色防菌服的蓝震霆双手交叉坐在长椅上，咬着下唇，双眼瞪着对面的墙壁，一动也不动。眼睛深处，一团蓝色火焰随着艾丽莎的每一声嘶喊而惊悸跳动。

过了很久，一声响亮的婴儿啼哭声响彻产房。他立刻站起身，产房的门开了，护士抱着一团粉红色的“肉球”朝他灿烂地笑着，他的目光快速扫向小孩的大腿内侧。

是男孩！

是岳父日思夜盼的男孩！

蓝震霆的眼睛深处那团蓝色火焰疯狂地燃烧起来，他的心脏恢复了跳动。他咧嘴笑了，像千年石像的脸裂开了一道缝隙。

他向护士怀中的婴孩伸出手……

“想好了吗？”罗威将咖啡杯放回瓷碟上，发出清脆的碰撞声，惊醒了陷入回忆中的蓝震霆。

“所以你想拿这种东西来要挟我？”蓝震霆有些恼怒地瞪着他。

“怎么成了要挟？我可是正大光明地来请你兑现承诺。”罗威平静的笑容依然挂在脸上。

“这份协议是没有法律效力的，我并不具备兑现它的资格。”蓝震霆硬邦邦地说道，“这是个玩笑，是一张废纸。我很抱歉，令你失望了。罗教授，我无能为力。”蓝震霆站起身准备离开。

“它会具备法律效力的。”罗威淡淡地说道。

蓝震霆回过头看向对方，罗威悠然得像是在赏花望月，微笑着看着他。

“什么意思？”蓝震霆皱紧眉头问道。

“一旦你不兑现这份协议，你就会突然冒出个私生子。我就是这个意思。”

蓝震霆瞪圆了眼睛，眨了眨，像是看疯子般看着罗威。这次，轮到他冷笑一声：“罗教授，你最近工作压力太大了吧？”

“信不信由你。”罗威的笑容更灿烂了。

蓝震霆转了转眼珠子，不再说话。罗威不是幽默感十足的人，这点他很清楚。他不得已，只好重新坐下，想了想，从钱包里抽出一张支票，匆匆签上名，然后递给对方：“罗教授，你要是急需用钱，这些先给你解燃眉之急，五百万以下的数字你随便填写。”

罗威看了看这张空头支票，又看了看蓝震霆，认真地说道：“蓝先生，你误会了，我不缺钱，我只是拿回属于我的东西。”

蓝震霆表情紧绷着，许久，他对罗威说：“我只有一个儿子，叫蓝轩逸。”

“不，你还有一个儿子，你的亲生儿子。父亲是你，母亲是若涵。”罗威挑了挑眉。

“我不知道有这么一个人。”蓝震霆的眼神开始有些躲闪。

“现在知道也不晚。”罗威优雅地搅拌着咖啡，轻轻地抿了一口。

“什么时候的事？”蓝震霆脸色惨白地盯着罗威的眼睛，似乎想从罗威的眼神中看出真假。

一提起往事，罗威的声音就冷了下来："你记得你抛弃若涵时她怀孕了吗？"

"不是……不是说流产了吗？"蓝震霆低声说道。

"当时不想让你知道而已，孩子平安地出生了。"

蓝震霆的呼吸变得急促起来，他掏出手帕擦了擦额头上的汗珠，喝了一口水，最终说道："你真的没开玩笑吗？"

"你觉得我像在开玩笑吗？"

罗威静静地品尝着咖啡，一阵沉默过后，大厅里播放的风笛曲停了。换曲的间隙，楼下传来隐隐的洗餐盘的声音。

"那孩子……现在在哪里？"蓝震霆小心翼翼地试探道。

"如果你想见他，我可以安排。"

"我要做亲子鉴定。"蓝震霆的眼里闪过一道光芒，像是落水的人抓住了救命稻草一般。

"当然可以。"罗威无所谓地说道。

听他这么说，蓝震霆最后一线希望也消失了。

"如果你不想让全世界知道你有私生子，我可以帮你在医院的亲子鉴定部安排一下，价钱合理，保密性强，怎么样？"罗威站起身来，穿上外套，"想通了给我打电话，我有事先走一步，这一餐就算你请我。"罗威愉快地拍了拍蓝震霆的肩膀，"祝你有个好心情，改日见。"

侍者端着餐盘走了过来，将两只精致的圆盘放下，说道："先生，这是您点的餐，请慢用。"

牛肉冒着热气，散发着香气，玉米粒堆在盘子边。蓝震霆拿起银叉，用力扎进牛肉，然后举起手。

"埋单！"

（3）

终于结束了为期三个月的紧张排练，结束曲的最后一个音符落下后，雷克斯躺在地板上，汗珠顺着他的脸颊滑落下来。经纪人站在工作人员中间拍着手，感谢大家一直以来的辛苦和努力。

"我们过几天办一个大型的派对，请一些媒体来，大家好好玩一场，准备迎接我们的演唱会！"经纪人大声说道，工作人员们一阵欢呼鼓掌。

雷克斯的手机响起悦耳的铃声，屏幕一闪一闪的，是罗威的来电。雷克斯闭着眼睛接了电话，不知道罗威说了什么，他猛地睁开眼睛坐了起来。

"我现在就过去。"雷克斯挂了电话，和大家打了声招呼，然后匆匆离开了排练厅。

这一刻终于到来了，罗威击垮蓝震霆的计划终于开始了。

雷克斯走进医院大门时，发现自己还未做好准备。他按捺住紧张，命令自己冷静下来。路过的人认出了他，不时朝他望一眼，他无暇顾及这些，直奔电梯上了八楼。

电梯门缓缓打开，发出轻微的金属摩擦声。

如果不是因为气温适宜，他还以为自己置身于一个巨大的冰库里，周围都是白色的，冷冰冰的。

走廊的尽头有一张白色沙发，沙发上坐着一个男人，他的脸埋在臂弯里，一动也不动。沙发的另一边，身穿白色医生服的罗威双手插在裤兜里站着。

“在这里！”罗威朝他挥了挥手示意。

坐在沙发上的男人像被电击了一般转过头来。

雷克斯觉得时间过得有点慢，走廊变得很长，蓝震霆眼神的陡然变化像慢镜头一样在他的脑海中一遍遍地回放，那惊恐的神情令人毛骨悚然。

走到沙发前的时候，蓝震霆缓缓站了起来，目光呆滞，脸色煞白。雷克斯望着对方，想起了上次在晚宴上见到蓝震霆时的情景，那时他气度非凡、气场强大，而此刻，他像变了一个人似的。

“你……”蓝震霆的话哽在喉咙里。

“我来介绍一下。”罗威打破了沉默，将雷克斯拉到自己身边，面朝蓝震霆说，“这是雷克斯。雷克斯，这位就是蓝震霆，你的父亲。”

“不……”蓝震霆难以置信地看着雷克斯，“这不是真的，一定是你们串通好的。雷克斯只是蓝轩逸的朋友，我们见过面的。”

“雷克斯也是受害者，这个消息他知道得并不比你早。本来我打算一辈子都不告诉他这件事的！”罗威愤怒地说道。

“一切等结果出来再说。”蓝震霆朝鉴定室的玻璃门看了看，挺直了腰，尽力保持威严的姿态。

罗威冷笑一声，转过头对雷克斯说：“放轻松，雷克斯。”

蓝震霆瞥了雷克斯一眼，带着复杂的情绪朝鉴定室走去。

雷克斯与罗威对望一眼，交换了一个眼神，跟着走了进去。

从鉴定室出来后，蓝震霆与罗威没有任何交流。蓝震霆的脸色十分难看，虽然鉴定的结果不会在当天出来，但是他从雷克斯的某种神态和眼神中已经看到了自己的影子，只是他仍然不想面对这件极有可能成为事实的事情。

罗威送蓝震霆走出医院大门，雷克斯紧跟在罗威身边。罗威的表情依旧很轻松，仿佛只是送一位关系很好的熟人。

医院门口停着一辆黑色轿车，见到蓝震霆，一个黑衣人立刻毕恭毕敬地走了过来。

“蓝总。”黑衣人在蓝震霆的身后站定。这个黑衣人戴着一副墨镜，看不清他的长相，但可以知道的是，他的墨镜下有一张冷酷的脸。

蓝震霆心烦意乱，下台阶的时候，一不小心将手提包掉在了地上。黑衣人伸出左手将包捡起来，在他的左手腕上，一个狰狞的太阳形刺青暴露在阳光下，黑衣人飞快地拉下衣袖，将包递给蓝震霆。

蓝震霆脸色阴沉地扫了雷克斯一眼，没有说话，快步走下台阶，然后钻进轿车内。黑衣人坐在驾驶座位，递给他一张纸：“这是蓝少爷最近接触的人，名字和资料都在这里。”

蓝震霆扫视着为数不多的名字，一眼就看到了末尾那个名字——尹洛雪。

蓝震霆将名单凑到眼前，盯着那个名字，那次尹洛雪在机场追着他采访的样子出现在他的眼前。蓝震霆顿时皱紧了眉头。

又是她！她就像一条疯狗一样死咬着“艾丽儿”这件案子不肯放手，难道真的是儿子泄露消息给她的？可是儿子怎么可能知道那么详细的数据呢？

“开车！”蓝震霆将名单揉成一团，狠狠地揉捏着。

当轿车驶上大路时，他做了一个决定——他要对这个女记者进行一个小小的警告。比起负面新闻对他造成的伤害，这个警告的伤害程度是轻微的，但至少可以让她彻底放弃调查。

医院大门前的台阶上，罗威与雷克斯目送着轿车驶远。

“等过几天检测结果出来，他就知道自己完了。”罗威看着轿车离去的方向自言自语道，然后转头看着雷克斯问道，“演唱会准备得怎么样了？”

“已经排练好了。”雷克斯回答道。

“你邀请蓝轩逸和艾丽莎了吗？”

雷克斯迟疑了一下，说道：“邀请了。”

罗威满意地笑了笑：“我们的计划马上就要成功了，这次我们要让蓝震

霆一败涂地！”

雷克斯望着远处的天空不再说话，在他的眼前浮现出一束静静盛开的百合花，阴沉的雷雨，温暖的灯光，艾丽莎将纱布轻轻裹上他的膝盖，还有那一杯特地为自己准备的，虽然已经不新鲜却仍有清香的薄荷茶……

“艾丽莎真的有那么狠毒吗？”雷克斯收回目光，怔怔地看着罗威。一刹那，罗威脸上的笑容消失了，像被风吹走了一般。

“当然。”罗威的神情略显紧张，警惕地看着他，“你为什么突然这么问？”

雷克斯避开罗威灼热的目光，说道：“没什么，我只是觉得计划就要成功了，有点紧张而已。”

罗威脸上的笑容又回来了，他拍了拍雷克斯的肩膀，安慰道：“一切都会过去的，雷克斯，一切都将好起来。你先回家休息一下吧。”

说完，罗威往办公室走去。雷克斯有些心神不宁地走到茶水室。

爱丽丝医院拥有全国最好的医疗设备和公共设施，茶水室被隔成许多间格子，每个格子间可容纳两个人，分别放置着不同的饮品售贩机。

雷克斯走到其中一间，接了一杯咖啡。咖啡很浓、很烫，也很香，他将咖啡杯放在唇边，吹着热气，暖暖的咖啡驱走了他心里莫名的寒意。这时，两个女人说笑的声音穿过咖啡的浓香和果汁的香气传进他的耳中，声音断断续续的，雷克斯隐隐听见了罗威的名字。

“这么说，到现在他还不知道这件事？”这是一个尖细的声音，声音里还透着一丝惊讶。

“那件事罗教授禁止任何人提起。为了保密，院长还专门召开了一个会议，告诫在场的所有医护人员绝对不可以提起那件事，如果有人在医院里议论那件事，罗教授可能会转到别家医院……”另一个人说道。

“为什么？这又不是什么不可告人的事。”

“可能是为了保护他吧，毕竟试管婴儿算是非正常出生，在成长过程中可能会遇到尴尬的事或者别人的歧视。罗教授这么要求，可能是害怕他的心理受到影响吧。”

“但是这件事在当时很轰动，能掩盖住吗？”

“尽量掩盖吧，反正都过去这么多年了，任何轰动的事情都会被人淡忘的。”

“那……那孩子现在长得怎么样？一切正常吗？”

隔壁间突然陷入一阵沉默，雷克斯悄悄地踮起脚尖，看到另一个隔间里，两个护士将头凑在一起，其中年纪大一点的护士将嘴贴在另外一个小护士的耳边轻声说了什么，那个小护士惊叫一声，捂住嘴，好半天才松开。

“天啊！真的吗？居……居然是他？”小护士激动得满脸通红，“天啊！我可是他的超级粉丝，他怎么会是试管婴儿啊？”

“所以说，罗教授很有远见，这种身世对于一个明星来说可不是好事。”

“那他知道自己的出生真相吗？”

“不知道。”老护士想了想，“我是说，我不知道那孩子知不知道。”

雷克斯的手上传来一阵灼烧感，痛得差点喊出声了。他低下头，发现热咖啡流得满手都是。他飞快地将咖啡杯扔进垃圾桶，等这两个八卦的护士离开后，才匆匆走出茶水室。

试管婴儿……出生真相……

他走进洗手间，拧开水龙头冲洗着手上的咖啡，却不小心又被烫了一下。他发现拧反了水温方向，于是他关了水龙头，对着镜子懊恼地喊了一声，双手撑在大理石水池台上。大理石很冰凉，那种寒意一直从他的手心蔓延至全身。

那两个护士对话中的“他”是谁？拥有粉丝的明星会是谁？她们说的话到底是什么意思？

不安的情绪涌了上来，雷克斯想理出个头绪来，可是除了镜子中他苍白的脸，没有任何人回应他。

（4）

尹洛雪很坚决地拒绝了莫小小的邀请，尽管莫小小一再强调是非常好玩的派对。

“这可是为雷克斯演唱会加油的派对哦！到时候会有很多明星一起来助阵呢！”莫小小一脸兴奋地说，“你之前不是对雷克斯很有兴趣吗？”

“我哪里对他有兴趣了！”尹洛雪不自觉地提高了音量，莫小小吓了一跳。

“不去就不去，干吗生气啊？我是好心才邀请你的好不好！”莫小小嘀咕着走开了。

尹洛雪在电脑前坐下，开始写新闻稿，过了半天，她发现自己在重复着打一句话。最后，她关了电脑，十指插进头发里，懊恼地抓着头发。

尽管她并不想看最新一期的娱乐新闻，但是报社到处都有人在议论雷克斯的绯闻。

那个叫藤原静的女子是藤氏集团董事会主席的千金，是含着金汤匙出生的公主，只有这样的女子才配得上雷克斯，不是吗？

尹洛雪双肘撑着桌面，手托着下巴，眼睛看着电脑屏幕，心却飞到了雨夜的花园中。

淅淅沥沥的雨声，落在草丛中的雨伞，还有那永远都忘不了的啤酒的涩味……

“嗨！”突然，一个声音在她的身边响起，她下意识地抬起头。

此时是午休时间，报社同事的目光全部偷偷瞄向这里。

“你脸色不太好，身体不舒服吗？”蓝轩逸关切地问道。

尹洛雪赶紧坐直，飞快地梳理了一下头发，有些尴尬地笑了笑：“没有啦，请坐。”尹洛雪站起来，让出自己的椅子。

“不用了，我只是出来办事，刚好路过，想起你在这里工作，就过来看

看你。”蓝轩逸微笑着说道。

“嗨，你好！我叫莫小小，是洛雪的同事兼好朋友。”莫小小突然冒出来，热情地握住蓝轩逸的手。

“你好。”蓝轩逸微笑着和莫小小握了握手。

“莫小小……”尹洛雪使劲地扯了一下莫小小的衣服，抱歉地看着蓝轩逸。

“对了，下周六我有朋友开派对，不知道你有没有时间？”蓝轩逸问尹洛雪，“可以带你的好朋友一起来玩啊。”

“下周六啊！”莫小小失望地喊了一声，“那天我有约会了。”

“那真是太不巧了。”蓝轩逸表示遗憾。

下周六，尹洛雪虽然没有什么安排，但是她想在家里宅一天，可这是蓝轩逸第一次邀请自己，如果拒绝……况且出去散散心也好，最近自己的情绪有点反常。

“好啊！那天我正好没事。”尹洛雪微笑着答应了他。

“太好了。”蓝轩逸开心地说道。

尹洛雪突然想起了什么，踌躇了一下，问道：“不知道你有没有吃中饭？我们报社楼下有餐厅，但都是很简单的菜……”从第一次见到蓝轩逸开始，尹洛雪就知道他是出入高级会所的上流人士，饮食考究，品位非凡。

“那你要请客哦！”蓝轩逸笑道，笑容十分灿烂。

“没问题，只要你不嫌弃。”尹洛雪也笑了，没想到他这么随和。

尹洛雪带着他离开办公室，趁他不注意的时候偷偷地看了他一眼。这个人真特别，似乎太阳都跟着他走，不管到哪里，都能洒下一片温暖的阳光。

尽管蓝轩逸提前声明只是一个随意的派对，不需要特别费心思穿礼服，但尹洛雪依然拿出了衣柜中一条最好的白色连衣裙。

这条连衣裙她从未穿过，只试过一次。这是一条名牌连衣裙，是“小熊维尼”送的礼物。从裁剪和布料的绣工上，尹洛雪看得出这条连衣裙是十分昂贵的，所以她从未穿过。上次混进艾特丽集团举办的晚宴会场，是要去搜集资料的，根本不舍得穿。蓝轩逸的朋友的派对一定是很气派的，应该只有穿这条裙子才合适。

尹洛雪沐浴后，小心地换上连衣裙。连衣裙十分合身，完好地勾勒出她身体的曲线。肩膀上垂下的一层薄纱遮住了裸露的胳膊与后背，感觉有一种若隐若现的朦胧美。尹洛雪将头发吹干，绾成一个简单的发髻，并别上一枚蔷薇花形水钻发夹。

镜中的自己有些陌生，却很美，尹洛雪惊讶地发现自己原来也可以这样漂亮。蓝轩逸开车来接她时，目光在她的身上足足停留了几分钟。

“你穿这条裙子真是太美了。”他不自禁地夸赞道。

尹洛雪有点不好意思：“是吗？我还担心看上去有些奇怪呢。这条裙子是一个好朋友送给我的，还没穿过。”

“你的好朋友太了解你了。”蓝轩逸笑着说道。

"嗯，他是我的守护神。"尹洛雪不由得露出幸福的微笑，暖色的灯光令她的双眼熠熠生辉。

（5）

半个小时后，尹洛雪刚迈进会场就感受到了众人的目光。男士们的目光追随着她，女士们纷纷打量着她，目光中满是羡慕和嫉妒。她挽着蓝轩逸的胳膊，心里有些紧张。

这是一个大型的户外派对，一束束紫色、白色的氢气球在空中飘浮着，草地上错落有致地摆放着精致的欧式桌椅，椅腿雕刻着精美的花纹，桌上铺着洁白干净的桌布，上面摆放着粉色玫瑰花，在桌面的中央放着一盏香薰蜡烛，燃着梦幻般的火焰。

夜幕已经降临，派对会场的四角立着高大的灯柱，明亮的灯光将夜晚变成了白昼。会场上不断传来宾客们的交谈声、说笑声，还有优雅的爵士乐声。

尹洛雪心里一颤，这首歌曲是《雨中漫步》，雷克斯的《雨中漫步》。她发觉正自己一心聆听着这首歌，捕捉着歌手唱这首歌时的情绪。

多年后，

你是否记起，

这里曾下过一场雨……

那个夜晚再次降临，细雨如丝，歌声如泣。

她静静地拨开蔷薇花篱，朝坐在地上的歌者走过去。歌者面带笑容，轻轻地唱着歌，他的眼神中满是悲伤和迷离。她蹲下身，伸出手，抱住他冰冷的身躯。

一片黑暗，苦涩的缠绵，那歌声在耳畔不断回响……

尹洛雪的面前出现了一个花台，无数粉色、紫色的玫瑰围绕着小场地。场地上空悬挂着星星般的小灯，场地中央有一个舞台，舞台上有一支乐队正在表演，雷克斯握着立架话筒正在演唱。

多年后，

你是否记起，

这里曾下过一场雨……

歌声停止，四周响起热烈的掌声、欢呼声、口哨声。尹洛雪猛地回过神，发现自己正站在一处花台前，蓝轩逸在旁边鼓着掌。

小小的舞台上，鞠躬致谢的主唱真的是雷克斯！

镁光灯不停地闪烁着，记者们冲到台前，围绕着雷克斯。

天啊！尹洛雪捂住胸口，朝四周慌乱地张望着，似乎想找到一个人告诉自己，她在做梦。但是四周的人都在鼓着掌、欢笑着，没有人注意到她惊恐的表情。

她悄悄地掐了掐自己的胳膊，很痛！不，这也不能说明什么，梦境有时是不可理喻的，梦中的人也会感觉到疼痛，重要的是自己要马上醒来。

“不错吧？这家伙现场演唱也实力不俗。”蓝轩逸笑着说道。

一名记者从人群中挤出来，走到雷克斯的身边，她的摄影师帮他们合了一张影。莫小小，那是莫小小！

尹洛雪惊讶地捂住嘴，突然记起莫小小上次的邀请。

周六，雷克斯演唱会的加油派对……

在地下咖啡屋时的场景闪进她的脑海里，她几乎忘了蓝轩逸与雷克斯是关系要好的朋友。雷克斯邀请蓝轩逸来参加派对，不是天经地义的事吗？

仿佛为了证明尹洛雪的猜测，一个声音打断了她纷乱的思绪：“嗨，轩逸！哈哈，秘密恋人也来啦？”藤原静笑嘻嘻地走到他们旁边，“雷克斯唱得太棒了！”藤原静说着，双手呈喇叭状朝台上大喊，“雷克斯，我爱你！”

全场人的目光都投过来，藤原静依然旁若无人地抛着飞吻。尹洛雪望着舞台，莫小小这时看到了她。

“洛雪，我差点没认出你。真的是你吗？”莫小小拨开人群，挤到尹洛雪身边，惊叹着，当她看到一旁的蓝轩逸时，瞬间明白过来了，“想不到你们也是来参加这场派对的啊！”

尹洛雪现在确定自己并不是在梦中，一切都是真的。宾客、蓝轩逸、藤原静，还有舞台上的雷克斯。

记者们拍完照，各自散开，不停地拍着其他到场的艺人。雷克斯走了过来，尹洛雪的心脏开始怦怦乱跳。藤原静上前挽住雷克斯的胳膊，说道：

“雷克斯，你唱得太好了！我好感动啊！”

雷克斯没有理会藤原静，目光落在尹洛雪的脸上，说道：“你来了，那好好玩吧。”接着对蓝轩逸说，“照顾好你的女朋友哦。”

雷克斯转身离开了，藤原静赶紧跟了上去。莫小小张大嘴巴，丝毫没有掩饰惊讶：“洛雪，你们认识？你和雷克斯认识？喂，洛雪……”

女朋友……她怎么成了蓝轩逸的女朋友？

一股怒气从尹洛雪的心里升起，她浑身的血液都在沸腾。

雷克斯，你怎么可以冷漠地说出这种话？你怎么可以不负责任地说出这种话？你怎么可以忘掉那件事？怎么可以！

尹洛雪的眼前变成一片空白，世界消失了，只有雷克斯的脸越来越大，越来越近。

“你这可恶的浑蛋！凭什么这样？凭什么夺走别人的初吻还一副若无其事的样子？”尹洛雪吼道，眼泪冲出了眼眶，顺着脸颊滑落下来。

如果停止对你的想念，就会如同窒息般难受……亲爱的，难道你真的把我忘记了吗？

多少个夜里，她用被子裹着自己，告诉自己不可以难过，但是眼泪依然不肯听她的话。每当她想到那件事已经被雷克斯忘得一干二净，雷克斯连她是谁都不知道，也不关心时，心痛就无法遏制。

四周立刻有人聚了过来，莫小小捂住了嘴，蓝轩逸的脸色“唰”地变白。雷克斯惊讶地看着她，他身边的藤原静呆住了，目光在尹洛雪和雷克斯

之间移动。

“什么？”似乎过了一个世纪那么久，雷克斯疑惑地开了口，他的声音有点沙哑。

尹洛雪感觉拇指的指腹一跳一跳的，是他手腕内侧的脉搏。她吓了一跳，闪光灯刺入了她的眼睛，一瞬间，她恢复了听觉和视觉。

人群里发出议论纷纷的声音，闪光灯不停地闪烁着，照亮了她和雷克斯的脸。

天啊！她在干什么？

尹洛雪触电般地松开雷克斯的手，惊叫一声，逃也似的冲出会场。蓝轩逸跟在后面喊她的名字，她没有回头，挥手拦了一辆出租车。

出租车驶远了，等身后的喧闹和灯光隐没在一片黑暗中时，她的双肩开始颤抖起来。薄薄的白纱无法抵御刺骨的寒冷，她抱紧双臂，眼泪像珍珠般不断落下，打湿了衣裙，印出一朵朵花。

（6）

雷克斯提前离开了派对，经纪人挡住了涌上来的记者，解释这一切只是一个误会。藤原静站在原地大哭大闹，蓝轩逸费了很大劲才把她拖离会场。

雷克斯将车开进别墅，别墅里一片漆黑，罗威与他的学生在做课题，晚上住在医院里。别墅周围无比安静，爱唱歌的绣眼鸟飞入了窝中，早已熟睡。

尹洛雪的泪眼不停地在他的眼前晃动，他抹了一把脸，刚开始震惊的情绪正在消散，随即而来的是一种失落感。他感觉自己忘了什么事，他曾经努力回想过，却总是无法记起。

他熄了火，打开车门，发现院中一片银色的月光。空气湿润而清甜，月光洒满整个院子，每棵树、每棵草都清晰可辨。

雷克斯不想回别墅，一个人在院子里慢慢逛着。草地十分柔软，踩下去发出一阵轻微的窸窣声，像细雨落地的声音。

细雨……

雷克斯的脑海中浮现出一段记忆。

细雨之夜，一个人朝他走过来。

"喂……"

雷克斯猛地想起了什么，朝蔷薇花篱走过去。他记得爬完山回来的那天，他独自回家，在蔷薇花篱后喝醉了。

蔷薇花在月夜中静静地绽放，吐露着淡淡的芬芳，微风拂起这淡淡的香味，将它送到雷克斯眼前、鼻间、脑海中。

微风吹过，树叶互相碰撞，发出沙沙声。

他停住了脚步，侧耳倾听。

沙沙——

沙沙——

沙沙——

下雨的声音在他的耳边回响起来，那片遮挡了记忆的大雾也开始消散。

雨雾缥缈的夜晚，他坐在草坪上，抱着一个女子，他的嘴唇覆在女子的唇上，一阵淡淡的苦涩味道飘来，如同风一般吹入脑海，吹散了最后一团薄雾，露出了女子的脸。

雨夜中，他看到了尹洛雪那双黑珍珠般的眼眸。

“凭什么夺走别人的初吻还一副若无其事的样子？”

雷克斯猛地睁开眼睛，转过身匆匆进了车库，将车发动，转了个弯，上了大路。

之前，雷克斯无意中得知尹洛雪与玛丽婆婆是门对门的邻居，玛丽婆婆总是提起尹洛雪，他被动地记住了这个地址。

到达尹洛雪所住的公寓楼下时，雷克斯犹豫了一会，他不确定要不要上楼。或许此刻尹洛雪早已睡着了，毕竟现在已经快深夜十二点了。

雷克斯摇下车窗，朝楼上望去。尹洛雪住的是七楼，此刻，七楼面朝东面的窗户亮着灯。雷克斯定了定心神，打开车门走了出去。

公寓楼道里灯光暗淡，照着走廊上青白的地砖。雷克斯按下电梯，灯突然熄灭了。他下意识地跺了跺脚，灯光重新亮起。这时，他发现电梯门口立着一块木牌，上面写着“电梯已坏，请走楼梯”几个大字。他摇了摇头，苦笑一声，走进旁边的安全通道。

因为每周都会在健身房里进行超强度锻炼，七楼对于他来说，根本不在话下。不到三分钟，雷克斯就站在了七楼狭窄的楼梯口。借着微弱的灯光，他查看了一下门牌号，确认了朝东的那扇门就是他的目的地。

灯再次熄灭，雷克斯刚要跺脚，便听到了从尹洛雪的屋里传来一阵东西被翻倒的声音。他凑上前，那声音越来越大，不像是在独自发脾气。“砰”的一声，有人重重地摔倒在地板上，混乱中夹杂着女子的低声喊叫，像是被人捂住了嘴，接着又传来一阵凌乱的碰撞声。

雷克斯变了脸色，飞快地抓住门把，门是开着的，他立刻冲了进去。

屋内一片漆黑，借着楼道口微弱的光线，他分辨出两个人影，一高一矮。矮的人有一头长发，高个子使劲地勒着长发女子的脖子。

“住手！”雷克斯大喝一声冲了上去，一脚朝高个子猛踢过去。

一阵惨叫后，女子挣脱出来，朝一边扑过去。灯光突然亮起，高个子双手抱着头，抽了一口凉气，鲜血从他的嘴角淌了下来。

灯光亮起的瞬间，高个子像上足了发条的铁皮青蛙，猛地跳了起来，夺门而逃。他的动作太快了，雷克斯只拽下了几根短发。但在他冲出门口的一刹那，雷克斯看到他左手手腕内侧有一个狰狞的太阳形状刺青。

虎口脱险后，尹洛雪扶着墙壁咳得眼泪都快掉下来了。

雷克斯环视四周，家中没有翻乱，显然不是小偷作案，那个凶残的男子到底想干什么呢？

雷克斯皱了皱眉头，将门关上，从桌上的水壶中倒了一杯水递给她，并轻轻地拍着她的背。

还没缓过神来的尹洛雪吓得颤抖了一下，当她看到雷克斯的脸后，眼里掠过一丝惊讶。她接过水杯，慢慢地喝了几口，咳嗽声渐渐小了，呼吸也慢慢平复了。

“要不要去医院？”雷克斯扶着她到沙发旁坐下，抽了几张纸巾递给她。

尹洛雪擦了擦眼泪，轻声说道：“没……没事，我好多了。”她看了雷克斯一眼，突然站了起来，“我还没谢谢你呢。我帮你倒杯水。”

雷克斯站起来抓住她的双肩，将她按坐在沙发上：“都这样了，还讲这些礼节干什么？”

“对不起，我不知道你会来我家。”尹洛雪再次站起来，飞快地捡起地板上的靠枕，放在沙发上。

“你家来了凶手，你还有心情收拾屋子？”雷克斯有些生气地说道。

尹洛雪将头发捋到耳后，脸色恢复了正常，说道：“像我们做记者这行，遇到这种事不算什么稀奇的。”尹洛雪轻咳了一声，单薄的身体摇晃了一下，像风中飘落的叶子般。

“你爸妈不在家吗？”雷克斯看到客厅的柜子上摆着一张三口人的全家福。

“那个……我爸妈……他们已经去世了……”尹洛雪双手握着杯子，咬了咬杯沿。

“对不起，我不知道……”雷克斯看着尹洛雪微微颤抖的手，突然有种

想要将她拉入怀中，好好安慰她的冲动。

“没关系，都是很多年前的事了。”尹洛雪抬起头，冲他微微一笑，“其实你不用担心，他不敢杀人，只是警告我一下罢了。”

“他？你知道凶手是谁？”雷克斯问道，脑海里闪过高个子手腕上的刺青。

“我一直对‘艾丽儿’事件紧追不舍，匿名电话都接到好几个了，除了蓝震霆，还会有别人吗？”

“蓝震霆……”雷克斯皱紧眉头，咬牙切齿地说，“马上报警。”

“没用的。”尹洛雪摇了摇头，轻轻地叹了一口气，“做我们这行的，这种事很常见，报警也没有用。我没有任何证据，就算有证据，等警察上门时凶手也早跑得没影了。”

“太过分了！”雷克斯的拳头砸在茶几上，“那也不能就这样让蓝震霆胡作非为吧？”

“他会受到惩罚的，我要用尽全力把‘艾丽儿’事件的真相公诸于众。”尹洛雪放下水杯说道，“主编压下我的稿子这件事，我已经向报社所属的总社汇报了。前几天爆出的网络新闻正好给我做证，我们主编和蓝震霆私下有金钱上的来往，相信我很快就能重新跟‘艾丽儿’的案子了。”

一个长久以来的疑问从雷克斯的心底升起，他好奇地问：“尹洛雪，你为什么这么拼命追查‘艾丽儿’事件的真相呢？”

尹洛雪顿了顿，喝了一口水。

一阵沉默后，尹洛雪开口说道："我爸爸就是被蓝震霆害死的。"

凌晨两点，简欧式别墅的客房中亮起了橙色暖光。

为了安全起见，雷克斯将尹洛雪接到了自己家中暂住一晚。

舒适的软床上，尹洛雪早已睡熟。雷克斯静静地看着她，她的呼吸均匀，细密的睫毛微微颤动着。

雷克斯将灯光调到最适合睡眠的亮度，然后走了出去，将门轻轻关上。

回到自己的卧室后，他躺在床上，回想着之前惊魂的一幕。

五年前，尹洛雪的爸爸，身为艾特丽工厂厂长的尹元章，在一场大火中丧生。那时尹洛雪的妈妈正卧病在床，得知这个消息后悲愤交加，随夫而去。

"我爸爸救出了七个大人和一个小孩，最后却被污蔑为纵火犯，而蓝震霆却得到了一大笔保险金。人为了钱可以变成魔鬼，我是不会放过蓝震霆的！只要将他绳之以法，就会有很多人避免受到伤害。我当记者的初衷就是想将蓝震霆的真面目公告天下，让他的魔爪再也无法伸到任何人面前。"

雷克斯枕着双臂，望着天花板。黑暗中，他再次看到蓝震霆推开怀孕的罗若涵，上了一辆名贵的轿车扬长而去。他握紧拳头，在黑夜里发出轻微的咯咯声。

第五章
CHAPTER
05
灯塔哀歌

（1）

蓝震霆拿到鉴定结果后，消失了一整天，然后疲惫地出现在罗威面前。

罗威打电话让雷克斯与他们一起共进晚餐。蓝震霆的话极少，他没有看罗威，也没有看雷克斯。

三人都各自想着心事，没有说话，这是一顿无声的晚餐。

晚餐完毕，蓝震霆从包中拿出一份资料递给罗威，是一份股份转让协议，上面清楚地写明将艾特丽集团百分之五的个人股份转移到罗威名下。

这是蓝震霆最后一点股份，为了维持自己在艾氏家族的地位，他做出了让步。

“以后我们就算两清了，希望以后在我的生活中不再有二位的出现。”蓝震霆看着罗威，迟疑了一下，与雷克斯握了握手，像是结束了某场谈判一般，然后起身朝包厢门口走去。

雷克斯冷冷地看着这个男人——他的亲生父亲，心里再一次为母亲感到难过。

当初她怎么会爱上这样一个冷漠的男人呢？到头来，不但毁掉了自己的一生，还那么早就离开了人世，一切都太不值得了。

“蓝先生。”雷克斯喊住了蓝震霆，走到他的面前，“如果尹洛雪再出什么事，我不能保证这件事是否会泄露出去。”

蓝震霆目瞪口呆地看着这个他刚刚知道存在的儿子，恼怒地说：“有些事不该插手就不要插手，年轻人。”

“所以你也一样，有些事不该做就不要做。”雷克斯寸步不让。

蓝震霆环视了一下四周，突然大笑几声，当他发现没有任何人回应他时，他明白了自己的处境：“好，这算是我们做的最后一个交易，一切到此为止。”

“再见，请您走好。”雷克斯彬彬有礼地鞠了一躬。

蓝震霆一腔怒火无处发泄，狠狠地将门甩上。

罗威盯着雷克斯，想了一会，问道：“你最近和那个女记者走得很近是吗？”

雷克斯沉默了片刻，转移话题道：“演唱会只剩三天就开始了，我得去体育场试试音响设备。”

“是的，演唱会才是重头戏，希望你明白轻重缓急。”罗威意味深长地说道。

“罗威，你为什么要选在演唱会上行动？”雷克斯突然问道，“那件事为什么一定要在我的第一场演唱会上进行？”

罗威深深地看着他：“因为这场演唱会对你来说是很重要的，所以重要的计划要在重要的场合进行。”

说实话，雷克斯没有听懂罗威的意思，但他不打算继续追问。因为以他对罗威的了解，问了也是白费力气。

“我走了，有事打电话联系我。”

雷克斯的语气有些硬邦邦的，他没顾得上看罗威的表情，也无暇去顾及罗威的情绪。他已经帮罗威达到了目的，拿到了身处险境的蓝震霆手中最后的股份。

可是雷克斯并没有注意到自己内心深处的抱怨，他心底有个声音，将这场复仇行动归结为“帮罗威实现复仇”，而不是“自己复仇”。只是那声音太微弱，根本无法传递到他的大脑神经。他只是觉得莫名的胸闷，好像有一块巨石压在心上。

雷克斯走到街边，深深地吸一口新鲜空气，清凉的空气通过五脏六腑，让他心情好了一点。

这时，他想起了尹洛雪。早上他醒来时，尹洛雪已经离开了，桌上依然摆着美味的营养早餐，只是这次没有留下字条。

她应该是去报社了。他很难想象，尹洛雪小小的身体里会蕴藏着那么强大的力量。他本以为尹洛雪对“艾丽儿”事件的追查只是记者尽本职而已，但如今他才明白，尹洛雪和他一样也是一个复仇者，而且他们的目标一样——扳倒蓝震霆。

仇恨可以让一个人充满力量，排除万难，不顾一切寻找复仇的机会。

他们两人一直站在同一战线上，命运将两人紧密地联系在一起，前行的路上有人陪伴，总好过自己独自一人。

雷克斯的心里生起一阵暖意，有些欣慰，有些庆幸，有些莫名的感动。他需要一个伙伴，他很早之前就需要了。

雷克斯拿出手机，想给尹洛雪打个电话，可是他将电话里的联系人从头到尾翻了一遍，才发现自己根本没有尹洛雪的号码。他自嘲地笑了一下，收起手机，打开车门刚要上车，却愣在了原地。

他感觉全身的血液在一点点地凝固，阳光渐渐变得刺目，他的目光越过繁华的街道，落在街道对面的一对路人身上。

（2）

一个身材挺拔的男子和一个娇小的女子一路说笑着并排前行，阳光透过法国梧桐树枝间的缝隙洒向他们，两人的身上镀上了一层耀眼的金色。

蓝轩逸脸上的笑容十分灿烂，手指在半空中比画着，似乎在讲一个笑话，他身边的尹洛雪被逗得开怀大笑。

雷克斯紧盯着他们，听见什么东西发出清脆的碎裂声，他寻找声音的来源，什么异常情况都没有，只是觉得胸口十分闷。

他以为他和尹洛雪已经靠得很近了。

派对上，她抓着他的手腕……

一片狼藉的客厅中，他将偷袭者击倒……

她睡在他家的卧室里，他看着她睡觉……

他倾听她的往事、她的秘密、她的仇恨……

他以为这些事情并不是能和任何人一起经历的，既然同样有这些经历，心不是也应该靠近对方吗？难道不该成为对方心里唯一的、特殊的人吗？

雷克斯收回目光，蓝轩逸和尹洛雪已经消失在街角了。他戴上墨镜，弯腰进了车中，“砰”地关上车门。

尹洛雪与蓝轩逸走到一家露天咖啡店前，蓝轩逸提议喝一杯咖啡。

从报社门口无意中遇到蓝轩逸时起，他们已经不知不觉地在街上走了一个小时。

“洛雪？这么巧？”

尹洛雪将自己的尴尬藏起来，两人对之前的那件事只字未提，仿佛派对上的那一幕从未发生过。

再次的碰巧令尹洛雪心生疑惑，她很怀疑他们的相遇是不是真的“碰巧”。也许是蓝轩逸刻意制造的偶遇，但她不想点破对方，毕竟，她喜欢看到他灿烂的笑容。就算他刻意安排了什么，也一定是没有恶意的，她相信他的真诚。

这位在大学期间一直关注自己的学长令她心安，就像乘坐一条小船，在洒满金色碎光的湖面上安静地荡漾，无声无息，无惊无扰。

两人选择了一处树下的位置，阵阵微风吹过，咖啡桌上摆着小巧的花盆，月季花开得正旺。

环境真的很好，如果能有机会和雷克斯一起来喝咖啡就好了。

尹洛雪出神地想着。

“洛雪，洛雪……”

“什么？”蓝轩逸叫了她好几声，她才回过神来。

“你想喝哪种饮料？”蓝轩逸晃了晃手里的餐单。

“什么都行。”尹洛雪的眼神显得有些飘忽不定。

“是不是昨天没睡好？你看上去有点疲惫。”蓝轩逸关心地问道。

尹洛雪刚要提起自己遭到袭击的事情，发现蓝轩逸的脸色有些不对劲。她顺着他的视线看去，一位高鼻梁蓝眼睛的西方男子朝他们走过来，热情地对蓝轩逸打招呼：“嗨！轩逸，没想到毕业这么久没联系，居然在这里见到你！”

“嗨，杰姆斯！”蓝轩逸的笑容有些僵硬。

“哇，这是你的女朋友吗？好漂亮，在伯明翰大学是没有这样的东方美女的。”杰姆斯拍了拍蓝轩逸的肩膀，说道。

蓝轩逸站起身，似乎想将这位热情的朋友拉走。可是杰姆斯早已朝尹洛雪伸出手，握了握，自我介绍道：“我是轩逸在英国伯明翰大学的好朋友。”

英国伯明翰大学……

如果说伯明翰大学和尹洛雪有什么联系，那也只是尹洛雪从杂志上见过这所有名的理科学院的简介。

“我是你的学长。”

尹洛雪的脑海里突然浮现出这句话，她的笑容立刻消失了。她错愕地看着蓝轩逸，蓝轩逸的表情有些尴尬。

杰姆斯发觉气氛有些不对劲，于是对蓝轩逸说道：“替我向你的爸爸问好，听说艾特丽集团最近遇到了麻烦，身为总裁的他一定很累，但是我会支持‘艾丽儿’的，加油啊。”

尹洛雪猛地从椅子上站起来，木质靠椅朝后滑了一点，发出刺耳的摩擦

声。

蓝轩逸，蓝震霆……

她为什么没有想到？

杰姆斯意识到自己闯了祸，说了声“抱歉”，赶紧离开了。

蓝轩逸动了动嘴唇，看着尹洛雪。

这么说，为了阻止她调查“艾丽儿”事件，蓝震霆竟然动用自己的儿子？

尹洛雪想起那一幕幕的“巧合”，眼泪几乎要夺眶而出。

“你接近我到底要得到什么，蓝轩逸？”尹洛雪冷漠地看着蓝轩逸。

“洛雪，你误会了……”蓝轩逸伸出手想抓住尹洛雪，尹洛雪却朝后退了一步，背靠在梧桐树的树干上。

她冷笑一声，对蓝轩逸说：“所以是你安排了那个人来骚扰我、袭击我？”

“什么？”蓝轩逸惊愕地问道。

“都被我识破了，你还在演什么戏，蓝大少爷？好戏该收场了，我告诉你，我是不会被吓倒的。你下次应该派一个强悍的杀手来，否则我是不会停止对‘艾丽儿’事件的调查，这段时间让你费心了。”

“有人袭击了你？”蓝轩逸上前一步，死死地抓住尹洛雪的胳膊，却被尹洛雪甩掉了。她转身离开，开始是疾走，最后跑了起来。

蓝轩逸马上给蓝震霆打了电话，好半天蓝震霆才接起电话：“怎么了？我正在开会。”

“是不是你找人袭击了尹洛雪？”

“你要干什么？我在开会，有事下次再说。”蓝震霆的声音听起来有些不耐烦。

“你为什么要这么做？”

“蓝轩逸，我最后再警告你一次，你已经不在公司任职，所以不要插手任何公事！”

“这么说，你承认了？你怎么能做这种事？”蓝轩逸吼道。

那边“啪”地挂了电话，只留下一阵忙音。

（3）

雷克斯的演唱会如期举行。

从下午四点钟开始，人群就涌进了市中心最大的体育场。粉丝们穿着统一的蜜糖色会员服，头戴蜜糖色的小恶魔角。蜜糖色是雷克斯的代表色，场内一片醒目的蜜糖色，宛若一片蜜糖的海洋。

十多米高的海报从体育场的二楼垂下来，海报上的雷克斯正望着场内。

莫小小有媒体票，很早就和其他娱乐记者一同入了场。在她得知尹洛雪没有好位置后，特别气愤。

“雷克斯真小气，既然你们认识，就应该送你几张贵宾票啊！好歹也让我跟着沾点光。”关于尹洛雪未拿到票的事，莫小小对雷克斯的意见很大。

“既然是来支持他的，就该花钱买票嘛！哪有白看的？”尹洛雪压住心

里的失望，看似轻松地说道。原本她以为雷克斯会给自己留一张票，哪怕不是贵宾席位的，毕竟……毕竟他们一起经历了很多事情。

上次雷克斯救了她，她想感谢他，但是已经好几天都无法和雷克斯取得联系。她没有雷克斯的电话号码，去排练厅找他，可是排练已经结束了，他就像是从她的生活中蒸发了一般。

原本以为他会送自己票，于是她就把自己的媒体票送给了朋友，可是随着他的演唱会临近，她心中的失落感也越来越深。最后不得已，她只好进入购票网，和许多粉丝争夺几张为数不多的票。终于，在演唱会的前一天，她买到了一张票，可是位置很靠后，而且在舞台的侧面。但不管怎么说，还是有了一张票。

她早早就入场了，看着蜜糖色的气球和灯牌，突然感受到了雷克斯身为巨星的号召力。这么多人都为他而来，这么多人都在疯狂地爱慕他、支持他、拥护他。

在这能容纳两万人的体育场中，尹洛雪感觉到了自己的渺小。她捏着票，注视着舞台上来往的工作人员，第一次感觉与雷克斯的距离是如此遥远。

后台，化妆师们在紧张地工作着，舞者们检查着服装和妆容，工作人员走进走出。一个独立的化妆间里，雷克斯坐在镜子前，造型师将定型喷雾喷向他的头发。

这时，门被推开了，几个人走了进来。从镜子上，雷克斯看到了他的客人，于是示意造型师停下，站起身来。

“嗨！雷克斯，真帅气啊！”蓝轩逸打量着他，笑着说道。

雷克斯照例报以一笑。

蓝轩逸身边的艾丽莎捧着一束百合花，递到他手中，笑着说道：“真是个俊俏的孩子，你的爸爸妈妈太幸福了。”

“谢谢您。”雷克斯接过花束，百合新绽，枝叶柔嫩，花瓣清香，这让他想起了蓝轩逸家客厅窗台上的那些百合花。

艾丽莎曾一语道出了他的心思，在她面前，雷克斯有种莫名的惆怅感。他认为这种情绪不对，他应该怀有怨恨才对。

想到这里，他挪开视线，将花束轻轻地放在化妆台上，不去看艾丽莎。

“要是我有这样的儿子，我肯定会天天让他唱歌给我听。”艾丽莎坐在沙发上，目光温柔并带着欣赏的意味。

“是啊是啊，我这样的儿子您是不满意的。”蓝轩逸开玩笑地说道。

艾丽莎“扑哧”一声笑了起来，揉了揉蓝轩逸的头发，说道：“哎呀，轩逸吃醋了！坏小子，我就是喜欢雷克斯，我还要认他当我的干儿子呢！”

干儿子……儿子……

从小到大，他似乎是第一次听到别人对他说起这个词语。

雷克斯的心底一阵翻腾，转移话题道：“伯父没有来吗？”

“哦，我爸有点事，要我们替他转达对你的祝愿。”蓝轩逸解释道。

雷克斯没有说什么，他不想揭穿对方的好意。如果蓝震霆来了，他才觉得惊讶呢。

“藤原静被我弄到座位上去了，不然的话，她一定会冲进来的。”蓝轩逸朝他眨了眨眼睛。

“你帮了我一个大忙啊。”雷克斯用力握着蓝轩逸的手，笑着说道，“你们先休息一下，我去忙了。”说完，他坐回椅子上，造型师重新为他的头发定型。

透过镜子，雷克斯的目光不停地寻找着某个人，看样子，有个人缺席了。

“尹洛雪呢？最近还好吗？”雷克斯故作随意地问道。

蓝轩逸有些踌躇地说：“我和她已经好几天没联系了，之前本来打算邀请她一起来的。”

“你们吵架了吗？”这一刻，雷克斯觉得喷雾的气味太浓了，呛得他很难受。

“算不上吵架，我们之间有点误会。”蓝轩逸失落地说道。

“恋人之间有点误会没什么，很快就会和好的。杰米老师，我觉得可以了。”雷克斯皱了皱眉头。造型师立刻收起喷雾，手指在雷克斯头顶抓着形状。

“你别听藤原静乱讲，哪有什么恋人。”蓝轩逸的脸红了起来。

艾丽莎拧了一下他的耳朵，说道：“到底是多好的女子，居然看不上我们轩逸？我真想见见她呢。”

“没有啦，妈，我们只是认识而已。”蓝轩逸的神情有些不自然。

雷克斯的心猛地跳了一下，心里涌起一股热流，他没来由地感到一阵喜悦。

“你现在打电话叫她过来吧，毕竟是我的首场演唱会嘛，大家也算认识。”雷克斯控制着语调，尽量显得平静随意。

蓝轩逸有些无奈地说：“她不接我的电话。”

“我给她打。”雷克斯拿出手机，问蓝轩逸要了号码。

“对不起，您拨打的电话暂时无人接听，请稍后再拨。”

再拨，如故。尹洛雪的手机在她的包中亮起，铃声被四周的嘈杂声掩没。

雷克斯放下手机，愣了一会，没想到她会缺席自己的演唱会，他以为尹洛雪会和蓝轩逸一起来。

对了，还有那个娱乐记者，她好像是尹洛雪的好友。

他的心里顿时燃起了一丝希望，她一定是和朋友一起来了。但是当他化完妆，去媒体接待室接受众媒体采访时，他发现自己判断失误了，尹洛雪真的没有来。

预定七点半开始的演唱会推迟了半个小时。

尹洛雪坐在最靠后的位子上，聚精会神地看着舞台。四周尖叫声和哭喊声连成一片，她几乎听不到音乐声，但是她的目光依然穿过无数双挥舞着的手，看着舞台中央的雷克斯。

时间过得很快，当尹洛雪感觉演唱会刚刚开始时，却发现已经过了四个小时，演唱会已经到了尾声。

结束曲响起了前奏，场内刮过一阵蜜糖色风暴。舞台被一团银色光芒包

围住，雷克斯站在白色的镶钻话筒架前安静地演唱。

没有泪，

笑看你离去，

爱得起，痛得起。

多年后，

你是否记起，

这里曾下过一场雨。

舞台上方的大屏幕上，雷克斯的头发已经被汗水沾湿，话筒在他的手中仿佛变成了一个精灵，将他的歌声传遍整个场内。

漫天的“雪花”从天而降，整个舞台如梦似幻般漂亮。雷克斯站在舞台中央，眼眸就像暗夜中闪闪发亮的黑宝石。她坐在这片蜜糖色的海洋中看着雷克斯的脸，发现自己发不出声来。在疯狂的粉丝中，她默默地让眼泪倾泻而下。

她终于明白了自己的感受，她爱上了他，无可救药地爱上了他。

歌曲结束了，突然，场内陷入一片黑暗，粉丝们疯狂地尖叫起来。

几分钟后，场内灯光亮起。舞台中央，雷克斯已经不见了，只剩下纷纷扬扬的“雪花”。仿佛之前的几个小时只是天使降临人间带来了一场美丽的梦境，现在他又回去了，整个现场瞬间从夏日变成了寒冬。

演唱会结束了。

就在那短短几分钟的黑暗和喧哗中，谁也没有注意到贵宾席的某个位置发出几声惊叫。等灯光再次亮起时，蓝轩逸发现身边的母亲艾丽莎已经不知去向……

（4）

艾丽莎失踪的第三天，艾氏家族一片大乱。

山上的休养别墅里，艾思哲阴沉着脸坐在沙发上，蓝轩逸与蓝震霆盯着电话，等待警方的消息。

两天前，警方在体育场内进行了调查，在艾丽莎曾坐过的贵宾席位上发现了一些化学残留物，是乙醚，可以迅速让人昏迷。但是除了这些，再也没找到别的蛛丝马迹，艾丽莎似乎凭空消失了。

“在激烈的商场战争中，什么事情都有可能发生。”艾思哲冷静地说道。

艾思哲认为女儿受人威胁，对方在短期内一定会联系他们，于是安排蓝震霆调查艾特丽集团的竞争对手。可是三天过去了，一点消息都没有。警方没有任何进展，蓝震霆的调查也很艰难。毕竟多年来，与他结仇的人太多了，无从入手。

安静的大厅内没有一丝声音，三个男人屏息而待。蓝轩逸欲扶外公躺下休息，可是艾思哲示意自己并不想休息。

蓝轩逸的眼里布满血丝，嘴唇干涩，勉强吃下去的一点东西似乎全部聚集在了胃中，难以消化。他不断地自责，妈妈居然在自己的眼皮底下失踪。

“丁零零——”突然，一阵电话铃声响起。

艾思哲猛地坐起身，蓝震霆脸色青白，蓝轩逸快步走向电话，将手放在话筒上，深深地吸了一口气，拿起了话筒。

“喂？”蓝轩逸紧张地开口。

“艾丽莎在我手中。”电话那边传来金属质感的声音，是用变声器变化了的声音。

“你是谁？”蓝轩逸大喊道。

“你别管我是谁，两天之内，将十五亿人民币汇入这个账号。如果我收不到钱，你们就别想再见到艾丽莎了。”这个声音十分冷漠。

“浑蛋！你把我妈妈怎么样了？”蓝轩逸的情绪变得十分激动。

艾思哲推开他，夺过电话：“你不要伤害我的女儿，我可以给你钱，但是我要听我女儿说话。”

这时传来一阵摩擦声，像是话筒转移到某处，接着，艾丽莎的声音传了过来：“爸爸……”艾丽莎带着哭腔，但还算镇定。

“丽莎，你别怕，爸爸这就救你出来。别害怕，有爸爸在……”艾思哲的声音有些颤抖。

“爸爸，您别担心，我没事。”艾丽莎极力让自己的语调保持平静，以免家人担心，可她还来不及多说几句，电话就被人夺走了。

“好了，父女通话结束了。现在你听好，我有两点要求，不许报警，不许延迟。我现在报一遍账号，我只报两遍。”

“拿笔，拿笔！”艾思哲朝蓝轩逸吼道，他的额头上冒出了青筋。

蓝震霆赶紧从西装兜里抽出一支金笔，扯过一张报纸，递给了艾思哲。

冷漠的金属声说了一长串数字，艾思哲还要说什么，可是那边利落地挂了电话。话筒从艾思哲的手中滑落下来，悬在桌下，像秋千一样来回晃荡。

“准备钱，马上准备钱！”艾思哲焦急地说道。

蓝震霆迟疑了一下，艰难地开了口：“爸爸，是不是报警比较好……”

“浑蛋！”艾思哲大喊一声，蓝震霆吓得肩膀一缩，“一旦报警，我的丽莎就没有了！绑匪，这帮该杀一万遍的！丽莎……我的丽莎……”眼泪从艾思哲的眼眶中流出来，蓝轩逸赶紧将外公扶着坐到沙发上。

“你立刻去银行提钱，马上打到这个账户上！”艾思哲对蓝震霆说道。

蓝震霆愣了一会，应了一声，匆匆走了出去。艾思哲双目瞪着空气，脸色几乎与白发同色。

蓝轩逸机械地拍着外公的背，眼睛注视着前方，一眨不眨的。

艾丽莎失踪那天。

云层遮住了明月，树木仿佛受到了威胁，不安地抖着树叶。

罗威的简欧式别墅里一片漆黑，大厅的沙发上，罗威与雷克斯面对面坐着。微弱的光线中，雷克斯的脸像鬼魅般惨白。

“该你动手了，雷克斯。”罗威将一个针筒递到雷克斯手中。针筒很亮，是用抗压玻璃制成的，针筒中淡黄色的透明液体能够使三头大象倒地而死。

“一定要我来做吗？”雷克斯的声音不可遏制地颤抖起来，“罗威，我们只拿钱……不行吗？”

“啪！”雷克斯的眼前有一阵金星冒出，脸颊一片火辣，他下意识地捂住脸。

“几个臭钱怎么能为我妹妹报仇？必须血债血偿！”罗威如同魔鬼般吼道。

两行眼泪无声地流了下来，雷克斯抽泣了一声。一双手按在他的肩膀上，罗威的情绪缓和下来：“雷克斯，我们等了这么多年，为的就是这一刻，你难道忘了你妈妈是怎么死的吗？”

“罗威，我……我真的……”

“雷克斯，别怕，这是在为你妈妈报仇，你妈妈会保佑你的。这件事我不能代替你去做，难道你不想让你妈妈得到安慰吗？”罗威的声音更加温柔了。

妈妈……她看到我这样，会得到安慰吗？

这句话在雷克斯的唇边徘徊着，但始终没有说出口。

“她……她还在昏睡吗？”雷克斯努力让自己镇静下来。

“已经醒了，她太能挣扎了，乙醚洒了一些，差点出了差错。本来我想让她在昏睡中死去的，不过我改变主意了，我要让她亲眼看到自己为她做过的事情受到惩罚。”罗威的声音再次变得冷漠，“去吧，雷克斯。”罗威似乎累极了，轻声说道。

雷克斯站起来，拿起那支针筒。

地下室里，一盏小小的白炽灯亮着，照得室内一片幽蓝。白炽灯发出轻微的嘶嘶声，像藏着一条毒蛇。

雷克斯从梯子上走下来，透过面罩上的两个眼孔，他看到艾丽莎蜷缩在墙角。她的双手反绑着，手臂被勒出一道道红色印痕，她的嘴上贴着一块长方形的黑色胶布。

艾丽莎看着雷克斯，眼里透着恐惧，口中发出被胶布压制的哼声。雷克斯身体有些僵硬，他想调头回去，可是脚不由自主地朝前走了一步。

“你的腿在流血，孩子。”

他又走了一步。

“过来，孩子。”

“你这孩子真是的，伤得这么厉害还沾水，万一感染了怎么办？”

雷克斯感觉眼前模糊不清，他的手在剧烈地颤抖。

艾丽莎拼命往后退，缩在角落里，惊恐地瞪着他。

“味道怎么样？洗澡时水分流失太多，一定要补充水分。”

“轩逸说你可能会来家里做客，我一直准备着新鲜薄荷。”

“我听过你的每首歌，雷克斯。”

“我觉得你这首《雨中漫步》很悲伤。”

“孩子，你不舒服吗？”

眼泪从眼眶中滚下来，滑进棉布面罩，刺痛了他的皮肤，雷克斯的呼吸变得急促起来，他站在艾丽莎的面前缓缓蹲下去。

艾丽莎拼命摇着头，眼里充满了乞求。

雷克斯举起手。

“要是我有这样的儿子，我肯定会天天让他唱歌给我听。”

白炽灯光线陡然加倍亮起，接着“啪”的一声熄灭了，同一瞬间，墙壁上，雷克斯被灯光放大的黑色巨手落了下去，艾丽莎倒在了地板上。

“我就是喜欢雷克斯，我还要认他当我的干儿子呢！”

一声轻笑在黑暗中幽幽响起，雷克斯重重地跌坐在冰冷的地板上，双手捂住脸，滚烫的眼泪从他的指缝间流下来，掉在他的衣服上。

过了十几分钟，雷克斯走了上去，告诉罗威一切都结束了。罗威缓缓站起来，背对着他，没有喜悦，没有欢呼，仿佛瞬间苍老了十岁。

“你立刻把尸体处理一下，我要去躺一会。”说完，他蹒跚着走进卧室，关上了门。

雷克斯知道他又会抱着罗若涵的照片说一晚上的话，罗威仿佛有无数话要对妹妹倾诉，雷克斯却发现自己想不出一句要对母亲说的话。

他的脑海中有个声音在大声呼喊——

杀人犯！

杀人犯！

雷克斯，你是个杀人犯！

（5）

陌生的电话打进尹洛雪的手机时，她正在研究“小熊维尼”的信件。这个月，“小熊维尼”的包裹没有按时到来。

是“小熊维尼”出了事，还是“小熊维尼”厌倦了这种联系？

她看着那些手写的信，心中一阵怅然。她将信收起来时，发现许多干燥的花瓣洒了出来。她寻找着花瓣的来源，发现了一张与众不同的包装纸。

她从未认真观察过包裹的包装盒，这时她才发现，这些包装纸十分特别，在透明的玻璃纸上沾满了鲜花花瓣。

一个念头在尹洛雪的脑海里闪过，手工这么复杂的包装纸，厂家一定不多，也许能从这个线索找到“小熊维尼”！

她打开电脑，刚准备搜索一番，手机铃声响了。她疑惑地接起电话，那头传来一阵哭泣声，她听出了这个声音，是那个雨夜里的哭泣声。

“雷克斯，你在哪里？”尹洛雪的心猛地抽紧。

“我在哪里？我在哪里？我在哪里呢？”雷克斯又哭又笑地说道。

尹洛雪听到电话里有一阵熟悉的电子音乐声，还有小孩们的欢呼声，她意识到雷克斯的所在地了。

“你别动，雷克斯。你待在原地别动，我马上就到。”尹洛雪抓起外套冲出家门，在楼下拦了一辆出租车，朝市里奔去。

虽然已经很久没有去了，但是那电子音乐声，尹洛雪太熟悉了，全市只有那个地方才有。很多年前，爸爸妈妈经常陪她去那里玩，后来爸爸妈妈去世了，她就自己一个人去。每次她都会坐在那里，安静地看着其他孩子玩闹，想念着爸爸妈妈。

二十分钟后，出租车停在了游乐场前，尹洛雪付了车费朝里面奔去。

远处，亮着灯的摩天轮在慢慢地转动，冲天的夜光氢气球像彩色的泡泡飘荡着。游乐场内灯火通明，高大的小丑在和孩子们玩闹。

尹洛雪奔进游乐场，焦急地寻找起来。

一座高大的灯塔矗立在人工湖中间，五彩的灯光不停地扫着四周。每当灯光打在天空上时，灯塔就会播放一首表示胜利的《大力水手之歌》。

尹洛雪在人工湖四周搜寻着，果然，在湖边的一处草地上，她看到了雷克斯。他呆呆地仰头看着灯塔射出的光，专注地听着歌曲，脸颊上的眼泪在灯光下一闪一闪的。

尹洛雪咬紧嘴唇，慢慢地走过去。雷克斯似乎感觉到了有人正朝他走来，于是缓缓转过头。

尹洛雪吓了一跳，雷克斯的脸色异常惨白，他的眼眸失去了神采。他抱着双膝，仰头看着她，像个孤单的孩子。

空气中飘着酒味，不同于上次，这次的酒味十分浓烈，尹洛雪看到他的脚边堆积着烈性烧酒瓶。

她走近他，蹲下身，从包里拿出一包纸巾，抽出一张，颤抖着靠近他的脸庞。雷克斯没有躲避，尹洛雪将他的眼泪拭去。

“我来了。”尹洛雪轻声说道。

灯塔的五彩光束从天空转向湖面，射在两人身上，照亮了尹洛雪的脸。

突然，雷克斯抱住她，大声哭了起来。他带着哭腔说出一连串模糊的句子，尹洛雪只听到断断续续的“杀人犯”“为什么”“要变成杀人犯”……她完全不明白发生了什么。

“没事了，没事了，一切都过去了。乖，没事了。”尹洛雪动作轻柔地拍着他的后背，眼泪溢出了眼眶，“没事了，真的没事了。”

雷克斯将她越抱越紧，哭声震天。

树丛后，一架旋转飞机模型冲上天空，孩子们欢笑着，拍着双手。

有人说过，游乐场是贩卖幸福的地方。此刻，幸福退去了颜色，露出冷酷的真面目，还会有谁听到灯塔的悲伤离歌……

欢乐的海洋中，灯塔的光芒再次射向夜空，欢快的电子音乐响起，没有人听到那悲痛的哭泣声。

太阳从东方升起，阳光毫不吝惜地洒向大地。

尹洛雪醒来时，发现自己躺在一张柔软而陌生的床上。她起床拉开窗帘，透过落地窗户看到了不远处的摩天轮。这是游乐场附近的酒店，她记得昨天和雷克斯在湖边依偎着，后来不知什么时候睡着了。

房间内，雷克斯没有留下任何字条，尹洛雪喝了一口水，无尽的疑惑涌上心头。她相信雷克斯一定出了什么事，但是她无法靠近那件事。雷克斯不允许任何人靠近，她知道这一点，所以她不曾趁着他喝醉酒问些什么，她只想安慰他，不让他难过。

这时，她看了看手表，惊叫一声，飞快地穿上外套，抓起包飞奔出门。

她已经准备好挨主编的训斥了，自从上次主编压住“艾丽儿”事件的稿子，就一直到处找她的碴。果然，刚走进办公室，同事就小声告诉她主编有请。

她深呼一口气，告诉自己要冷静，接着推开主编办公室的门。可是当尹洛雪看清楚办公桌后坐着的人时，双眼立刻瞪圆了。

“部长？”

“现在应该叫主编了。”部长的笑容灿烂无比。

尹洛雪注意到主编的铭牌已经换上了部长的名字。

“啊！部长，恭喜恭喜！太好了！”尹洛雪满脸惊喜地说道，部长一直对她期待非常高，在“艾丽儿”事件的稿子被压时，部长恨不得将主编踩扁。

“之前那份蓝震霆饭局的清单曝光后，影响很大啊。”新主编说道。

“部长，不，主编，您要请客啊！”尹洛雪开心地说道。

“当然要请，不过，你也得答应我一件事。”

“什么事？您尽管说就是了。”

“上次有关‘艾丽儿’事件的通稿，你再好好润色一遍。”

一股热流冲上头顶，尹洛雪感动地看着新主编。

“我们要用一个大版面发表这篇报道！”新主编的手掌从半空中劈下去，像一把刀。

从主编办公室出来，尹洛雪一心想和别人分享这个好消息。有个名字第一时间浮现在她的脑海里，她拿出手机拨打了雷克斯的电话，可是他的手机处于关机状态。

尹洛雪有些失望，她打开电脑，翻开文件夹。上百张图片的缩略图布满了电脑屏幕。最近几天，她有空就在这个文件夹中放几张雷克斯的新照片。

她点开其中一张——圣洁的教堂前，他背对着摄影师，面向神圣的十字

架，张开双臂，感受着信仰的力量。光环打在他的身上，逆光的阴影里，尹洛雪仿佛在他的背后看到一对白色的羽翼从他体内长了出来，挥舞着，周围飞出无数白鸽……

尹洛雪突然想起了什么，关掉文件夹，打开新的网页，在输入栏中输入“手工鲜花包装纸”七个字。

（6）

艾思哲的疗养别墅中一片死寂，钟表不紧不慢地走动着，时针停在了十一点与十二点之间。灿烂的阳光丝毫无法带给这家人温暖，这里如同死一般的沉寂。

艾思哲坐在沙发上不停地咳嗽，蓝轩逸在一旁给外公轻轻敲打着背部。蓝震霆站在沙发的一侧，低着头，不敢看艾思哲的脸。

“你说你筹不到钱？什么意思？”艾思哲脸色铁青地问道。

“很多合作伙伴都躲着我们，他们认为这是一笔大数目……”蓝震霆解释道。

“为什么要找别人筹钱？我是让你从银行拿自己的钱！我女儿现在在绑匪手里，你还找别人筹什么钱？哪里有那么多时间浪费！”艾思哲一阵大吼，剧烈地咳嗽起来。

“爸，今天是第二天了，我们再不把钱汇过去，妈妈就……”蓝轩逸住了嘴，将后半句咽了回去。

蓝震霆脸色煞白，结结巴巴地说：“爸爸，我们账户上……没有那么多钱了。你知道，为了开发新产品……我们投入太大……成本还没全收回来……”

“那就卖股票，把股票全抛出去！抛出去！”艾思哲用拐杖捣着地面，发出一阵巨响。

回答他的是一阵沉默。

艾思哲似乎想到了什么，站起来，双眼通红地瞪着蓝震霆：“怎么了？股票呢？”

蓝震霆没有吭声，额头上冒出了汗珠。

“我问你话，到底怎么了？快说话！”艾思哲用拐杖使劲地捅了蓝震霆一下。

蓝震霆张了张嘴，用几乎听不到的声音说：“股票……全没了……”

蓝震霆突然跪在地上，哭喊起来：“爸爸，我对不起你，我赌输了……我输了很多钱，我没办法，股票只能全部抵押了，现在能拿出来的只有五百万……”

蓝震霆的悲号让艾思哲瞬间石化，他愣愣地瞪着自己的女婿，一动不动。

“爸爸，怎么办啊？怎么办？”蓝震霆扯着艾思哲的裤子。

艾思哲的眼珠终于转了一下，他拉住蓝轩逸的手，着急地说：“快，快，去银行，保险箱，保险箱……快！我的女儿，我的丽莎！”

“外公，您慢慢说。”蓝轩逸竭力让艾思哲冷静下来。

“我有钥匙，你快点去找管家，他知道。我给丽莎和你的遗产，快去，应该够这个数目。”

蓝轩逸站起身，管家托着一个檀木盒匆匆跑过来。蓝轩逸刚要伸手，大门开了，众人朝门口望去。蓝轩逸的眼底一片疑惑，蓝震霆的肩膀一缩，像见了鬼似的。

“雷克斯，你怎么知道这里的？”蓝轩逸惊讶得忘了去拿钥匙。

“我为什么不能知道？这里也算是我的家啊。”雷克斯笑着走进来。

“什么？”蓝震霆惊讶万分，忘了站起来，就那么跪在地上，拽着艾思哲的裤脚。

雷克斯走到他面前，低下头看着他，笑道：“爸爸，我来了。”

一声“爸爸”让蓝震霆脸上的肌肉抽搐起来。蓝轩逸目瞪口呆地望着雷克斯，而艾思哲则抬起头在他的脸上扫视着。

“哦，我忘记自我介绍了，我叫雷克斯，是这位……”他指了一下蓝震霆，“蓝先生的私生子。”

“住嘴！”蓝震霆如梦初醒，站起身来推开雷克斯。雷克斯微微侧身，躲开了蓝震霆的手。

“怎么了，爸爸？你刚刚给了我百分之五的股份，我是来谢谢你的。”

蓝震霆像挨了打的狗，冷哼了一声，眼里冒着怒火。

“爸爸，您听我解释……”蓝震霆慌张地对艾思哲说道。

艾思哲将拐杖用力扔出去，砸中了蓝震霆。

“滚出去！你们都给我滚出去！”艾思哲大口地喘着气。

“这位是外公吧？”雷克斯大惊小怪地说，“您身体不太好吗？”

“雷克斯！”蓝轩逸指着房门吼道，“不管发生了什么事，请你马上离开这里！”

“我爸爸还没说话呢，这里他是管事的吧？对不对，爸爸？”雷克斯亲密地拉住蓝震霆的胳膊，却被他一把甩开。

突然，电话铃声响起，吓了所有人一大跳，雷克斯的眼底闪过一丝阴厉。

蓝轩逸拿起电话，按下免提键，冷酷的金属声从电话那头传来，在整个客厅里回荡：“蓝震霆，你没有诚意，我没收到钱。”

“我们有钱，马上给你！马上！”蓝轩逸冲着电话大吼。

雷克斯的脸色变得苍白，笑容不见了。

“哦？很好，那么就用那些钱给艾丽莎收尸吧，哈哈哈……”金属声发出一阵疯狂的大笑后，电话挂断了。

又是一阵死寂。

艾思哲伸出舌头，胸口疯狂地起伏着，接着，他发出一声微弱而沙哑的“丽莎”，便直挺挺地朝后倒去。

“外公！”蓝轩逸大喊一声，然后转头朝管家大吼，“喊医生！快喊约翰医生！外公！”

管家慌张地应一声，立刻拨打私人医生约翰的电话。

雷克斯向前一步，想看看老人的情况，却被蓝轩逸一把推开了。

“滚开！”蓝轩逸声嘶力竭地狂喊着，抱着外公，大声地哭起来。

雷克斯往后挪了挪，脚像灌满了铅一般，蓝轩逸悲痛的神情像针一般扎进他的心脏。

这个人是他的弟弟，给过他最珍贵的兄弟情谊，可是现在……

雷克斯转过身，推开别墅的门。阳光有些刺眼，他一阵头晕，想起自己已经一天一夜没有吃饭喝水了。

他摇摇晃晃地走下台阶，打开车门坐了进去。为了进这扇门，他用尽了全部的力气，现在，他要离开这里。他按照罗威所说的做了，他可以交差了，他此行的目的达到了，他刺激了艾氏和蓝氏的每个人。

车子缓缓开动了，雷克斯转着方向盘，驶出了大门。

一个半小时后。

疗养别墅前，一辆出租车停在门口，尹洛雪付了钱，望着这栋气派的庄园式别墅。

她搜遍了网络，发现这种鲜花包装纸唯有一家店制作。她在一条幽静的胡同里找到了那家店。店主，也就是鲜花包装纸的发明人，热情地告诉尹洛雪，她手中的包装纸的确出自他们店。根据尹洛雪对包裹运送时间的描述，店主在客户名单中找到了一个地址。

“这位先生让我们定期提供这种包装纸，每个月的十九号他会来取。”店主说道。

尹洛雪看着那个地址，目光落在地址后的客户姓名上，心猛地一跳。

维尼。

果然是他！

小熊维尼……

她终于找到“小熊维尼”了！

庄园很安静，几棵果树立在喷泉边。

“小熊维尼”真的住在这里吗？尹洛雪慢慢地朝里面走去，心跳越来越快，她不由得捏紧了手中写着地址的纸。

四周弥漫着芬芳的草木香味，喷泉发出潺潺的流水声。经过果树，出现了一片低矮的灌木丛，灌木丛间点缀着紫色的铃兰，地上散落着一些花瓣，旁边的木质长椅上坐着一个双手捂面的男人。

一阵风吹过，他的黑发在风中舞动着。可是这个捂面的男子纹丝不动，似乎陷入了沉思中。

尹洛雪慢慢地走过去，风卷起地上的花瓣，打着旋涡。

“小熊维尼？”尹洛雪试探地唤着他。

长椅上的人动了动，松开手，抬起头。

“啪！”尹洛雪手中的包掉在了地上，铃兰花瓣从地上飞旋而起，在空中散开，落在她和他之间。

第六章
CHAPTER
06
天使也曾悲伤过

（1）

当《民和日报》时政经济版将尹洛雪那篇《美丽背后的丑陋——致命杀手“艾丽儿”大揭秘》全版刊登后，整个财经界沸腾起来。

报道中指名道姓的揭露令艾特丽集团与藤氏的声誉大幅度下跌，一天之内，艾特丽集团的股票下滑百分之三十五，惊恐的股民们不断抛出股票，股市一片混乱。隐藏在深处的另一头巨怪露出了头，蓝震霆抵押股票的事情暴露，引起人们一片哗然。

在艾特丽集团接连不断地遭受沉重的打击时，传出了藤氏从“艾丽儿”项目中撤资的消息。更有消息传出艾特丽集团的千金被人绑架，而艾特丽集团的创始人兼董事会主席艾思哲也因此病倒，卧床不起，曾经历多少风雨的艾特丽集团岌岌可危。

为了庆祝尹洛雪这惊人一炮的打响，主编特地组织了一次聚餐，身为主角的尹洛雪，中途以身体不适为由退了出来。

刊登有关“艾丽儿”事件的通稿这件事如果放在一周前，她可能会兴奋得大叫，但此刻她毫无喜悦之情，因为她知道，这样的打击会令蓝轩逸的外公一手创办的企业垮掉。

艾特丽集团的垮塌并不是她想看到的，她只是想让蓝震霆得到应有的惩罚而已。她不愿再进一步打击蓝震霆，毕竟他是蓝轩逸的爸爸，而蓝轩逸……她害怕想起这个人，甚至不敢去面对他那真诚而又悲伤的眼神。

“五年前，我无意中听到爸爸的醉话，知道了艾特丽工厂那场大火的真相。”蓝轩逸坐在长椅上望着天空，眼里一片落寞，“后来我找到了被爸爸诬陷的厂长家，看到了你。”

“我看着你去上学、回家、照顾生病的妈妈，然后又看着你给爸爸妈妈办葬礼。我只能远远地看着，什么都做不了，那时我只是一个高中生，我能为你做的只有一丁点小事。所以我用了‘小熊维尼’的名字给你寄东西、寄信，希望你能坚强地面对这一切，希望我这样做能弥补你……”

尹洛雪目瞪口呆地站在草坪上，风将她手中的字条吹走，在空中打着转，最后落在蓝轩逸的脚边。

蓝轩逸弯下腰捡起字条，苦笑一声：“没想到你还是找到了这里，我多么希望‘小熊维尼’能永远留在你美好的记忆中。我们没办法选择自己父母，不是吗？”

那天，她知道了有关“小熊维尼”的全部真相，也在那天，她知道了蓝轩逸的母亲艾丽莎已经被绑匪撕票，外公重病倒下。

她不该去找“小熊维尼”的，不该这样毁了蓝轩逸的苦心，她之前更不该那样误会他。她亏欠了他那么多，却不知道该如何偿还。如果这么多年不是“小熊维尼”关心着她，鼓励着她，她不敢相信自己会不会有勇气活到现在，还帮爸妈报了仇。

尹洛雪一边拨打主编的电话，一边拼命往回跑，可是不但主编没有接电话，甚至连报社的座机都没人接。没办法，她只好赶到报社，想告诉主编关

于“艾丽儿”事件的通稿暂时不能发。可是当她在负一楼信号极其不好的美编室找到主编时，主编却笑眯眯地看着她，抖着手中的稿子说：“洛雪，这份稿子我已经安排排版了，并且还为你的这篇通稿申请了新闻界‘年度新闻人物”奖，我们报社能不能拿这个奖就看你的了！”

主编拍了拍尹洛雪的肩膀，完全没有注意到她苍白的脸色。

她失魂落魄地走出美编室，无比颓丧地坐在椅子上。

雷克斯举行演唱会那天，蓝轩逸的妈妈失踪了。第五天正午，绑匪打来电话说蓝轩逸的妈妈已经……

尹洛雪的电脑待机了，一张张雷克斯的照片在黑色背景上出现，又消失，又再出现。她看着这些照片，一个念头如同闪电般闪过她的脑海，她仿佛听到了灯塔奏响的《大力水手之歌》，电子音乐像一根绳子勒紧她的心脏。

为什么非要杀人……

雷克斯断断续续的哭声在她的耳边回响起来，游乐场的欢笑声夹杂其中。尹洛雪觉得有点呼吸困难。雷克斯情绪失控那天，正是演唱会结束当晚。

那一晚到底发生了什么事？雷克斯……你到底发生了什么事？你的话是什么意思？

尹洛雪从包中翻出手机，找到雷克斯的号码，按下拨打键，千头万绪无从提起。打过去该说什么呢？

雷克斯，是不是你绑架了蓝轩逸的妈妈？是不是你害死了艾丽莎？

这时，手机在尹洛雪的手中震动起来，她吓了一跳，手机差点被她扔出去。是雷克斯，她飞快地接起电话，可是那边挂断了，等尹洛雪拨回去，里面响了一声后便传来了忙音，对方已经关机了。

（2）

“你在给谁打电话啊？”罗威关上车门，锁好车。

“哦，我向经纪人请几天假。”雷克斯将手机放进衣兜里，尹洛雪打来了电话，他立刻关了机。

“你是得请几天假。”罗威沿着小径走向别墅，“最近蓝震霆忙得焦头烂额，我们该做最后一击了。”

“你打算开始收购艾特丽集团吗？”雷克斯站在蔷薇花篱旁。

“是，LT集团的瑞士账户已经办好了。”罗威在别墅前的台阶上坐下，仰头望着天空，“我们终于要成功了！”说着，他将目光转向雷克斯，“这件事就由你来和蓝震霆接洽吧。”

“我？”雷克斯惊讶地看着他，“收购谈判应该由LT集团的人亲自出面吧？我去接洽，难道不怕蓝震霆起疑心吗？”

“不会，我已经给你准备了一套证件，证明你是LT集团的股东，LT委托你负责谈判。”

雷克斯沉默了一会，问道：“蓝震霆会上钩吗？我是说，眼下艾特丽集

团声誉一落千丈，我们突然来收购，难道他不会警惕有诈吗？而且他一定会调查LT集团的背景……”

罗威轻蔑地笑道：“狗急跳墙，就算他再怎么冷静，也不会甘心看着艾特丽集团变成一文不值的废品，在艾特丽集团还有利用价值的时候，他会冒这个险的。他这一生就是在赌博，有人肯用五十亿买下即将垮掉的艾特丽集团，他一定会冒险的。”

“五十亿……我们哪来的那么多钱？”

罗威大笑一声，说道：“我们当然没那么多钱！你以为我们是真的收购吗？我们是在骗他签约，我们可以通过网络制造虚拟汇款，当他收到头一笔汇款后，就会下决心签约。只要一签约，艾特丽集团就彻底易主了。到时候，就算蓝震霆知道所谓的实力雄厚的LT集团是一个空壳时，他也没办法了，银监是不会放过他的。艾特丽集团的归属权会很不明确，到时候，高层们会站出来厮打，股民们会闹事，艾特丽集团就会像一棵枯朽的老树一般轰然倒塌。”

罗威的目光中透着一片神往，想象着艾氏不得安宁的场面，复仇成功的笑容在他的嘴角浮起来。

“您好，伯父，请问雷克斯在家吗？”木栅栏外，藤原静礼貌地朝罗威鞠躬点头，接着，她看到了蔷薇花篱边的雷克斯。

雷克斯放下洒水壶，看了罗威一眼，说道：“是我的朋友。”

罗威站起身，拍了拍身上的灰尘，对他说：“雷克斯，招待好客人，我先进去休息一会。”

藤原静推开低矮的栅栏门，朝雷克斯走过去。她一改平日的吵闹，格外文静，眼神中甚至带着一抹沉重：“雷克斯，你的手机怎么打不通啊？”

“不好意思，我最近有点事。”雷克斯含糊地应着，太阳穴又开始隐隐作痛，他指了指长椅，示意对方坐下，其实他很想找借口打发藤原静离开。

“演唱会很成功，我一直为你欢呼呢。”藤原静坐在长椅上说道。

“是啊……不过，你找我有什么事吗？我下午还有一个通告……”

“我是来和你道别的，雷克斯。”

雷克斯愣住了，下半句话咽回了肚中。

“我要出国了，是爸爸安排的。”藤原静苦笑了一下，“他怕我和轩逸走得太近，和艾丽特集团有什么牵扯，从而连累到他。我违抗不了他的命令。”

从藤原静口中听到这些话，雷克斯不知道该说些什么，此时说什么都觉得不合适。

“雷克斯，你知道我喜欢你，对吧？”藤原静转过头看着他。

雷克斯心里一阵慌乱，像是被人突然袭击了一般：“其实我……”

“你什么都不用说，雷克斯。”藤原静笑了笑，笑容在阳光下有些忧伤，有些朦胧，“我知道你不喜欢我，我也知道你带我去玩、陪我爬山，是为了接近我爸爸。当初我很好奇你接近爸爸的原因，自从网络上出现那条‘艾丽儿饭局’的新闻后，我就明白了。那天其实你是去了爸爸的书房，对吗？”

看着藤原静的笑容，雷克斯如同被针扎了双眼，飞快地眨了眨眼睛，脸色十分苍白。

“你不否认，看来我猜对了。”藤原静的声音轻若羽毛，她抬起头望着蓝天。

“小静，我想和你解释一下……”雷克斯艰难地开口了。

“别……”藤原静看着雷克斯说，“我不想知道，雷克斯。我来不是质问你，只是想和你道别，想让你知道，即便如此，我还是很高兴认识你，希望你别忘了我。”藤原静站起身，朝他伸出手，美丽的眼眸中闪着泪光。

雷克斯握紧她的手，突然，藤原静俯下身，狠狠地咬住雷克斯裸露的胳膊。痛楚令他皱起了眉头，但是他没有将胳膊抽回。

十几秒钟后，藤原静才松了口，眼泪顺着她的脸颊飞快地滑落下来。她一言不发地看着他，抹了一下眼泪，转过身匆匆离去。

几只绣眼鸟掠过梧桐，清脆地鸣叫了几声。

如罗威所料，对于突然冒出来的LT海外集团，蓝震霆表现出强烈的意愿接受合作。

当LT海外集团代表雷克斯出现在他的面前，摊出证件表明自己是LT集团的股东后，蓝震霆原本对他怨恨和冷冰冰的态度立刻转变了。甚至对雷克斯去蓝家揭穿自己是他私生子的事冰释前嫌，还主动邀请雷克斯喝茶、听音乐会，以此来弥补多年未尽到的父亲责任。

雷克斯在心中冷笑，蓝震霆示好的原因他都明白。蓝震霆是在讨好他，为自己争取最大的利益，他其实早已将艾特丽集团抛之脑后，只想尽快拿到钱，然后远走高飞。

雷克斯成了蓝震霆办公室的常客，也成了蓝轩逸眼中的仇敌。

一天下午，雷克斯从蓝震霆的办公室走出来，面带冷笑。蓝震霆已经动摇了，五十亿美金的高价令他动心，让他点头签约只是时间问题。

雷克斯刚走几步，一个拳头重重地击中了他的脸。他摔倒在地上，怀中的包也掉在地上。秘书惊叫一声，扶起雷克斯。可是还没等雷克斯站稳，一双有力的手便使劲地揪起他的衣领，将他压在墙上。

这时，蓝震霆恰巧从办公室里走出来。一看到这个场面，他立刻上前推开蓝轩逸，怒吼道："蓝轩逸，你疯了吗？"

"是你疯了！"蓝轩逸青筋暴突，双眼充血，"妈妈的尸体都还没找到，你居然还有心情在这里和这个浑蛋商量怎么卖掉公司！"

蓝震霆挥手示意秘书离开，秘书小跑几步，消失在电梯厚重的钢门后。

雷克斯举起手擦了擦嘴角，一股淡淡的血腥味弥漫在口中，手指上一片鲜红，嘴唇一阵刺痛。他擦掉血迹，理了理衣领，冷冷地看着蓝轩逸。

"这是外公的公司，你居然要将它卖掉！爸爸，你清醒一点，如果外公知道了，一定会活不下去的！"蓝轩逸半央求半警告道。

"外公？轩逸，你看看眼前的形势，你外公咽气是迟早的事。死人该管，可活人也得活！一旦你外公撒手，整个艾特丽集团就会变成一座废墟，我们不仅破产，还得背负巨债。到时候怎么办？是我偿还，还是你？"

"你现在根本就是在为自己找借口！你只想脱身，根本不想挽回局面！你只想着你自己，根本不管我们的死活！"蓝轩逸的声音像针一样扎进雷克斯的耳中。蓝震霆的面目变得狰狞起来，推开儿子朝电梯走去。

“我不会让你卖掉外公的公司！”蓝轩逸追上去，想要抓住蓝震霆的肩膀，却被一只手挡住了——是雷克斯。

他冷冷地看着蓝轩逸：“到此为止吧，蓝轩逸，你什么都做不了。”

蓝轩逸面朝雷克斯，双瞳中射出红色的光，像是要刺穿雷克斯的大脑一般。那是雷克斯最熟悉的目光，这目光无数次在罗威的眼中闪烁，像鬼火般令人心悸，令人胆寒。仇恨！刻骨铭心的仇恨在蓝轩逸的双眸中跳跃。

“我绝对不会原谅你的。”蓝轩逸一字一顿地说道。

“雷克斯，我们走吧。”蓝震霆招了招手。

电梯门关上时，雷克斯靠在一角，肩膀颤抖着。

蓝震霆脸色惨白，目光深沉犹如深洞。

雷克斯和蓝震霆匆匆走出大楼，上了同一辆车。他们都没注意到，在街道的拐角处，一辆出租车默默地跟了上来，出租车副驾驶位置的人头戴棒球帽，脸被宽大的口罩遮住，声音低沉地让司机跟上前面的车。

（3）

正午的阳光如同碎金般洒落在湖面上，绿色的荷叶微微晃动，粉嫩的荷花散发出一股清香，岸边绿叶红花，一座亭子静静地伫立着。

亭子里坐着一位优雅的女子，她从手中的青瓷碗中拿出一些熟蛋黄撒向湖心。几条锦鲤立刻聚来，摆出优雅的姿态，吞食着蛋黄。等锦鲤散开，女

子将青瓷碗放在一边，轻声叹了一口气，一丝忧愁涌上她的眉心。

艾丽莎倚靠着亭柱，呆呆地望着连绵的粉荷，思绪万千。她在这栋日式别墅里已经待了整整二十天，对外界的一切都一无所知。她不知道警察在夜以继日地寻找她，她也不知道自己的父亲危在旦夕，丈夫与儿子反目成仇。

她在这个世外桃源仿佛已经过了千年。她被软禁了，也可以说她被救了。她曾一度以为自己会命丧绑匪之手，在地下室看着那个高大的蒙面人朝自己走来时，她绝望了。但是当她再次醒来时，发现自己躺在一张柔软的榻榻米上。

她费劲地站起来，摇摇晃晃地走出卧室，走出大厅，走到屋外，却发现这里除了她再无他人，而且大门上了锁，四周布满了密集的电网。她极目四眺，发现四周连邻居和路人都没有，这是一处十分偏僻的别墅。

她在这里遇不到任何人，除了每周来给她送食物的黑衣人。可是那个黑衣人蒙着面，戴着遮耳帽，不言不语。每次他放下食物转身就走了，从来没有和她有过交流。

她试着与他说话，可是对方从来不回答。最终，她想到了一个办法。黑衣人再次来送食物时，发现盘子下压着一张字条，上面写着："我的家人都好吗？"

黑衣人走了，大门上锁时发出冷漠的金属碰撞声。她走进厨房，抽出字条，她的那行字下面写着一个"好"字。

从此，她与黑衣人开始了简单的字条交流。她问的话不多，从来不问黑衣人什么时候放自己出去，她是个聪明人，知道什么该问，什么不该问。她有一种直觉，她能活到现在是一个必须封存的秘密，至于这个秘密何时解开，唯有等待。

从简短的沟通中，她得知自己所处的地方离原来的城市很远。而且她的家人都很平安。终于有一天，她提出了一个要求——我可以看看你吗？我可以蒙着眼睛，用手摸摸你吗？

黑衣人第一次没有回答。她有些失落，有些紧张，不知道是不是惹怒了对方。

又是一个周末，黑衣人带着食物来了。她照例将自己关在卧室里弹钢琴，她每次都弹的都是同一曲——贝多芬的《悲怆》第三乐章。这首曲目能让她静下心来，克制自己的情绪。这首曲子是宣布他们见面的曲目，也是宣布他们即将离别的曲目。

每次黑衣人送食物来，她都在卧室弹这首曲子，表示自己没有胡乱走动，等黑衣人走后她再出来，这是他们之间不成文的规定。

只是这次，她听到厨房传来一阵放食物的声音，接着，脚步声近了。她屏住呼吸，音乐声从钢琴中传出来，她却凝神听着门外的动静。不一会，她听到了一阵敲门声。

她的双手停在半空中，心脏怦怦乱跳。她看到房门下有什么东西被塞了进来，于是起身走过去，发现是一个黑色棉布眼罩，还有一条红色丝绸。

她明白了对方的意思，先戴上眼罩，然后将丝绸叠了两层，蒙在眼睛上。接着，她摸索着门锁，打开了门。

她听到对方走进卧室的脚步声，顺从地垂着双手。对方抓着她的胳膊，

将她带到琴凳前。那只手十分冰凉，她浑身起了一层鸡皮疙瘩。这时，一阵刺耳的椅子脚与地板的摩擦声响起来，她感觉对面有人坐了下来。没有声音，对方依旧没有开口。

“你在吗？”她侧着头询问道。

一个钢琴的音符声响起，表示回答。

“我可以摸摸你的脸吗？”她又问。对方似乎在迟疑，接着又是一个温和的音符声。她点点头，举起双手，慢慢地朝前探去。她先接触到的是一件皮夹克的衣领，冰凉的金属拉链在她的手心滑动，她的手朝上探去，摸到了喉结。

是个男子，从他的皮肤可以判断，这是一个年轻的男子。

艾丽莎的手不断朝上摸去，尖翘的下巴，微微冒出的胡渣，薄薄的嘴唇，高挺的鼻梁，消瘦的脸颊，然后是眼睛、睫毛、眉头……

她的脸色渐渐变了，一个疑问从心底升起。这份疑惑中夹杂着喜悦和难以置信。她的手在这张脸庞上摸索着，心中那个疑问越来越大，呼之欲出。当她的手落在年轻男子的额头上时，那份疑惑变成了惊异。

“轩逸？是你吗，轩逸？”她手指下的脸猛地僵住，紧绷起来。接着，她的手停在半空中，在黑暗中抓了几下，拼命问，“轩逸，是你吗？是你在和妈妈开玩笑吗？”

对方没有回答，只有一阵匆匆的脚步声，“哐当”一声，有东西被碰翻了。她听到那个人走出门的脚步声和关门声，然后是车子发动的声音。

她揭开眼前的丝绸和眼罩，光线有些刺目，她微微眯了眯眼睛，看见一

辆灰蓝色的英菲迪尼消失在铁门外。

英菲迪尼驶上大路，日式别墅已经缩成一个小黑点。雷克斯将帽子和面罩一把扯下来，眼睛里跳动着点点蓝色光芒。艾特丽蒙着眼睛，双手在半空中摸索的情景不断在他的眼前闪现，她说的话不断在他的耳边回响，让他感到震惊，又十分迷惑。

艾特丽居然将他错认为是蓝轩逸，他和蓝轩逸之间有相像之处吗？

他皱紧眉头，换挡加速，英菲迪尼像一只蓝色的野豹迅速奔向远方。

在英菲迪尼后面，一辆出租车紧紧跟着。出租车的副驾驶座位上，戴着棒球帽和口罩的人催促司机赶紧跟上。

（4）

爱丽丝医院。

夜空如洗，繁星满天，树木轻摇，仿佛海浪卷过白色沙滩，一层层，一叠叠，一朵朵，不息不止。

医院三楼一间宽敞的加护病房内，心脏测试器摆在床头柜上，屏幕上不时闪动着绿色的数字与红色的线条。

床头立式灯发出朦胧的橘色光芒，银色吊瓶架摆在一侧，几根透明的导管从三个不同规格的医用吊瓶中垂下。

艾思哲睡着了，花白的头发似乎与白色的枕头融为一体，仅仅过了不到三个星期，他急速地老去，身体软弱无力，生命力正在一点点地离开这位叱咤商场的巨人。

蓝轩逸倚在床头边的椅子上，轻轻地握着外公的手。三个星期不眠不休地照顾外公，他的眼眶微微深陷，嘴唇干裂，整张脸都消瘦了不少。

母亲不见踪影，外公生病倒下，父亲正在准备卖掉公司，蓝轩逸一瞬间失去了所有依靠。

他收集了蓝震霆打算召开股东大会卖掉公司的资料，送到了银监会。他希望能够尽快有人出面阻止这一切，并且他还天天去警局询问搜查尸体的情况，可得到的永远是抱歉的摇头。他十分焦虑，精神却不颓废，仇恨之火在他的心中燃烧，使他打起精神来。

他不能倒下，现在艾氏只剩下他一个人了，他必须挺住。但是他太累了，分针在静静地走动着，没走几格，蓝轩逸的头就一点一点地歪倒在外公的病床边。

病房外，雷克斯站在黑暗中，目光闪烁着，随即离开。他刚走了没几步，一个黑影从暗处跳出来拉住他的胳膊。他猛地一甩，差点将来者推倒。

“是我，尹洛雪。”对方在关键时刻低声报出了自己的名字。雷克斯愣神的时刻，被尹洛雪拽走了。

尹洛雪拽着他下了楼，穿过大厅，出了大门，停在雷克斯的车边。

“你怎么在这里？”雷克斯愣愣地看着她，大脑还没反应过来。

“先上车，上车再说。”尹洛雪说道。

雷克斯不得已，只好让她上车，两人都没出声，雷克斯听见了尹洛雪急促的呼吸声。

“雷克斯，我问你一件事。”尹洛雪开口说道，双眼在微弱的光中闪闪发亮。

“什么事？”雷克斯有种不祥的预感。

“你为什么要绑架蓝轩逸的妈妈？”尹洛雪紧紧地盯着雷克斯的眼睛。

雷克斯的心跳停滞了一下，冷汗“唰”地从他的额头上滑下来。

“什么？”他的声音像是从牙缝中挤出来的。

“雷克斯，我不想瞒你，这几天我一直在跟踪你……别动，你听我说完！”尹洛雪猛地按住雷克斯想要开门的手，“外界传闻艾丽莎被撕票了，但是我看到她活得好好的。雷克斯，你并没有伤害艾丽莎。你上次喝醉了，和我说什么杀人犯……这到底是怎么回事？你告诉我，告诉我啊！”

“如果你想告发我就去吧！现在艾氏正在悬赏呢，找到艾丽莎就能拿到重赏，你去吧。”雷克斯久久地盯着她，突然笑了起来，笑声十分爽朗。

“我是认真的，我没有和你开玩笑！”

“我也是认真的，我也没有和你开玩笑！”

尹洛雪放开了雷克斯的手，声音充满悲伤和无奈，说道：“雷克斯，难道你还不明白我是想帮你？你不能这么说我。”

雷克斯没有出声，依然盯着尹洛雪。

尹洛雪将脸埋在双臂间，声音沉闷地说：“雷克斯，我不想看你走得那么远，我只是……太担心你了……”

雷克斯眨了眨眼睛，将目光转开，双手紧紧地抓着方向盘。

“雷克斯，我知道你对艾丽莎和蓝轩逸没有仇恨，可是你为什么要这样

做？”

“谁说我没有仇恨？”雷克斯突然发出一声怒吼，“我恨他们，恨他们每一个人！他们毁了我，毁了我这一生！我恨他们，恨他们！”雷克斯握紧拳头，敲打着方向盘。

尹洛雪抱住他，握住他的双手，声音带着哭腔，凄惨而悲凉：“雷克斯，到底出什么事了？我和你一起分担好不好？我和你一起，有我在，你不要这样对待自己……你不是真的恨，如果你恨他们，就不会照顾艾丽莎，不会每天深夜去看艾思哲和蓝轩逸。雷克斯，让我和你一起面对……”

就像是体内一根绷紧的神经突然断开，雷克斯软软地瘫坐在座位上，眼里溢出泪水。他的泪水越淌越多，越淌越快，最后雷克斯捂着脸庞，从指缝间传出一声如同受伤野兽般的悲鸣。尹洛雪轻轻拍打着他的脊背，任他痛哭。

（5）

几个小时后，英菲迪尼上路了。

已经是凌晨两点，但车中的两人都毫无睡意。尹洛雪还未从震惊中缓过神来，她默默地回想着刚才雷克斯说的每一句话、每一个字。

他的出生、他的母亲、他的仇恨，以及他和罗威一步步将艾氏击垮的谋划。

雷克斯不停地说着，似乎要将一生的话都倾诉出来。

红灯亮起，车子缓缓停了下来，尹洛雪一直紧皱的眉头突然舒展开，她对雷克斯说："雷克斯，有件事我觉得很蹊跷。"

"什么事？"雷克斯的声音有些嘶哑。

"你刚才说，你是二十三年前的一个冬日早产出生的。据我所知，二十四年前，罗威为罗若涵做过一例试管婴儿，那个婴儿的出生日也是冬日。"

"试管婴儿？"雷克斯愣住了。

尹洛雪点点头，说道："我听我妈妈说过这件事。"

"你妈妈？"

"嗯，我妈妈当过罗威的助理。当年，她刚从学校毕业就被分配到爱丽丝医院实习。因为表现出色，一直在最好的教授身边工作，当时罗威已经是远近闻名的试管婴儿教授了。"

雷克斯没有出声。

"二十四年前，罗威为自己的妹妹进行手术，这个手术十分轰动，因为罗若涵体内胚胎的父本精子来自罗若涵去世的丈夫。"

"去世的丈夫？"雷克斯瞪大了眼睛。

"对，据说当时罗若涵深爱的丈夫早一年去世了，是罗威及时提取了那个男子的精子与罗若涵的卵子制造了胚胎。胚胎一直处于冷冻状态，等罗若涵的身体符合了做手术的条件，才将胚胎提出来，做了手术。"

"先不管罗若涵这一层关系，根据你说的时间和出生日期，那个试管婴儿只能是你。"

雷克斯感到非常震惊，这时绿灯亮起，他呆呆地望着尹洛雪，直到车后响起汽车的喇叭声，他才回过神来。

尹洛雪继续分析道：“如果你是这个试管婴儿，就有两个疑点。第一，罗威为什么要瞒着你，说你是罗若涵早产的胎儿，而不告诉你，你是试管婴儿的事实？第二，如果你说的是真的，蓝震霆是你的亲生父亲，那么罗若涵体内的胚胎精子就来自于蓝震霆，可是当年罗威对外宣称，精子来自于罗若涵死去的丈夫，那就是在撒谎。他为什么要对外撒谎，又对你撒谎？”

雷克斯沉默了，头皮有些发麻，这个石破天惊的真相令他感到震惊。他突然想起去爱丽丝医院做亲子鉴定时，在茶水室听到的闲话。那两个护士说的话像针一般穿透他的耳膜，刺得他疼痛不已。罗威在撒谎？他为什么做这样的事？为什么要隐瞒事实？

“啊！有了！”尹洛雪突然拍了一下脑门，“可能有个办法可以弄清楚这些事！”

“什么办法？”雷克斯急切地问道。

“这可能有点对不起我妈妈了，但我们也是被迫无奈，相信妈妈一定会理解我们的。”

“什么意思？”

“我妈妈去世的时候留下了一个工作日记本，日记本带着锁，我从来没有打开过。我猜日记本里可能会有什么发现。”

听到她的话，雷克斯的眼中亮起光芒。他用力踩下油门，车子呼啸着穿过灯光交织成的屏障，转眼不见。

尹洛雪的卧室里，一盏明亮的台灯发出黄光。尹洛雪和雷克斯盘坐在木地板上，中间的一张小方桌上放着一个老式日记本。

雷克斯的目光落在尹洛雪手中的铁钳上，尹洛雪用铁钳夹住那细细的锁链，年代久远的细小锁链很快断成两截。

“妈妈，我们不是故意翻看你的日记，我们只是想要寻找真相，你要帮我们啊！”尹洛雪双手合十喃喃地说着，然后用手绢将日记本的封皮擦了擦，小心地翻开。

首页贴着一张一寸照片，照片上的短发女子微笑着，明亮的眼睛炯炯有神，照片下方端端正正地写着日记本主人的名字——安慧心。

“你妈妈年轻时很漂亮。”雷克斯说道。

“那当然了。”尹洛雪骄傲地回应道。

两人翻开日记本，日记从安慧心进入爱丽丝医院开始写起。他们一页页地翻着，寻找着蛛丝马迹。在二十四年前的一篇日记上，两人看到了想找的东西。整篇日记很短，只有几百字，简单地介绍了最近的工作内容。

今天罗威教授说要我为试管婴儿手术做准备，我很紧张，这是我第一次参与试管婴儿的手术过程，我一定要做好。

再翻几篇。

这次的手术很有压力，院方给出了最好的设施条件，因为维艾里医学奖的组委会要派人来观摩。这次只许成功，不许失败。罗威教授，加油啊！

雷克斯的瞳孔缩紧了，手在颤抖。他屏住呼吸，慢慢地往下翻。几页关于准备工作的表格和数据后，又有了几行短短的随感，应该是时间匆忙草草地写的。

太惊讶了！接受手术的病人居然是罗威教授的亲妹妹罗若涵，希望一切顺利。罗若涵的体质看上去不是很好，但是她很有精神，加油吧！

雷克斯不断地翻着，贪婪地捕捉着日记上的内容。

维艾里医学奖组委会来了六个人，他们要观摩教授的手术，我有点紧张，出门时差点忘了整理资料。最近精神不太好，要打起精神来啊！如果教授能够拿到维艾里医学奖……

好多话想要写，但是好累。

马上要进手术室了！祈祷。

我们成功了！天啊，我们成功了！“天使一号”诞生了！

手术室里响起一片欢呼声，观摩室里也响起了一片掌声，太棒了！罗威教授累得话都说不出了，看来他真的很紧张，毕竟是为自己的妹妹做手术。聚餐时我还和教授开玩笑，问他有没有想好婴儿的名字。教授说她妹妹已经取好了名字，不论男女，都叫克里安。哈哈，好有趣！

克里安也是我很喜欢的一个漫画人物，勇敢的小小水手克里安在海上与一只名叫雷克斯的吃人鲨鱼搏斗，每次克里安都能赢雷克斯，看来大家都喜欢小水手，讨厌雷克斯，哈哈！

“以后你就叫雷克斯。”

雷克斯的手猛地颤抖起来，日记本从他的手中滑落，“啪”的一声掉在桌上。

尹洛雪给他倒了一杯水，雷克斯喝了几口，脸色不那么难看了。两人捡起日记本，重新看了起来。后面接连几十页都是普通的工作记录，还夹着一些剪报。雷克斯挑了内容最长的一篇看起来。

《世界医学第一例“天使一号”试管胚胎移植手术获得成功》

目前，供职于爱丽丝医院的罗威教授进行了一项空前的胚胎移植手术。这是一次前所未有的试管婴儿手术，命名为“天使一号”。胚胎的父本精子来源于冷冻室而非活人。十二月二十日正午十二点，解冻后的精子与母本卵子成功结合！

据悉，此次接受手术的女子的丈夫于一年前去世，去世前曾将精子进行冷冻。深爱丈夫的该女子决定实施手术繁育与爱人的后代，而该女子正是罗威教授的妹妹。基于对妹妹强烈的爱，罗威教授终于迈出这医学上艰难的一步，用他的“魔术之手”带给了亲人希望与幸福……

雷克斯合上剪报，对尹洛雪说：“我妈妈从未结过婚，也没有什么所谓的去世的丈夫。”

“这样说应该是对你妈妈隐私的保护吧，我想罗威不希望人们到处谈论他妹妹未婚生子。”

“也许是吧。”雷克斯点了点头，“但是那并不重要，重点是提供精子的人到底是谁。蓝震霆？”

尹洛雪沉默了，事情似乎比想象中要复杂很多。

他们继续翻看日记，日期飞速，很快过了一年。冬天里的某一天，再次出现了他们关心的内容。

我不知道该不该写下这些，我的手还在发抖。今天太冷了，但不是因为天气冷，我无法说出……天啊……

字迹凌乱不堪，雷克斯的心沉了下去。

婴儿出生了……可是罗若涵确定终止了生命迹象，她流血太多了，又熬了两天，她的体质本来就很弱。今天太冷了，我们从机场狂奔到医院，还是晚了一步。

可是教授为什么那样看着那个孩子？他还是个刚出生的婴儿啊，教授他……啊，我不敢相信！我真想告诉自己是我看错了，但我知道这是真的。教授想要掐死这个婴儿，天啊！天啊！

他的手离婴儿的脖子已经那么近了，那么近……他脸上的神情好可怕，像魔鬼！天啊！他恨这个婴儿，他恨他！

（6）

后面的一行字写得十分潦草，几乎辨认不出，雷克斯已无心去辨认了。他的手抖得厉害，嘴唇泛白，他背靠着床边，双目瞪着天花板。

尹洛雪皱着眉头，一页页地翻着，一直翻到最后一页，再也没有出现有

关罗威与雷克斯的内容了。她刚要将日记本合上，突然，一张方形的纸片从日记本的封皮内掉出来，落在了桌上。她好奇地捡起纸片，将纸片拿到灯光下，惊讶地发现这是一个小小的自制信封。信封叠得十分整齐而又小巧，只有两个指甲大小。她撕开信封，一截黑色内存卡露出金色的竖纹。

“雷克斯，你看看这个。”尹洛雪轻轻地推了推雷克斯。

雷克斯将目光移到尹洛雪手中的内存卡上，内存卡的金属头泛着微弱的光。

“这是从我妈妈的日记本中掉出来的，我们快看看这是什么。”尹洛雪将床边的笔记本电脑拿过来，打开电脑，将内存卡小心翼翼地插入了笔记本的插孔。

新的硬盘提示跳出，尹洛雪移动鼠标，点开了新的硬盘。里面有一个普通文档，文件名是“雷克斯”。

雷克斯坐起来，凑近电脑屏幕，咬住下唇。白色箭头放在文档上，鼠标双击了两下，跳出了一个长方形的条框——

请您输入密码。

尹洛雪接连输入了几个密码，都不对。妈妈的生日，雷克斯的名字，爸爸的生日，爸爸妈妈的结婚纪念日。

“到底是什么呢？”尹洛雪焦急地移动着鼠标，在数字键上按着。

雷克斯突然拨开尹洛雪的手，在空白的密码输入框内上输入了三个字——“尹洛雪”，点击确定。仿佛憋了太久，蓝色文档猛地跳出来，铺展开来。雷克斯的心狂跳起来。

“太好了！”尹洛雪兴奋地将电脑挪近，两人一起看着文档上的内容，文档的开头有几行字——

我是安慧心，罗威教授的私人助理，我不知道为什么要复制这份资料，本来是帮教授清除电脑垃圾的，却意外地发现了隐藏文件夹。

我发誓不是故意偷看的，但是这个题目无法令我忽视。

我不该偷窃教授的资料，但是如果不这么做，我会发疯。我不知道该将这份资料怎么处理，我无法袖手旁观，却又做不了任何事。可怜的孩子，可怜的雷克斯……我只能先将这份资料保存，将来一定要找机会找到那孩子，和他说这些事。

这段小字下面是资料的正文，第一行是小写的字号，文字的标题令人心惊——雷克斯计划。

这份计划中，详细地记录了雷克斯的成长历程。每个月为一个单元，每个单元中记录着雷克斯的身高、血压等身体素质检测数据。还贴着雷克斯的成绩单、获得的奖状证书的照片。有的单元中，会出现几行罗威写的短小日记。

从表格得知，当雷克斯能看书时，罗威就帮他请了专门的老师来启蒙经济学。罗威记录着他扔掉了雷克斯的口琴，禁止他无休止地弹钢琴。

虽然将他的那些玩意扔掉了，但效果还是不明显，必须杜绝他继续接触音乐。难道歌星能拿起屠刀吗？不，搞艺术的只会把事情弄糟，必须让他对金融业感兴趣！

罗威想要将雷克斯培育成一个金融天才。

从三岁开始的记录中，罗威开始搬回小型的保险箱，教雷克斯撬保险箱。每当雷克斯撬保险箱成功，就标记一个红色三角形。随着雷克斯的年龄渐长，红三角越来越多。

其中，在七个红三角下有一段记录。

他很开心，觉得这是很好玩的事。好好玩吧，雷克斯，将来你将用你这双灵巧的手撬开你亲生父亲的商业保险箱，你会亲手断送你父亲的前途。

蓝震霆，你等着看好戏吧，这是你该得的！如果不是你抛弃了若涵，若涵怎么会流产？可她还傻傻地爱着你这个畜生！可是她不能生育了，我不敢告诉她，她却偏偏痴心地想要一个你的孩子，我只能偷了你这畜生的精子。若涵，我不该这么做，这个孩子和你一点关系都没有，而是蓝震霆和艾丽莎的孩子啊！若涵啊，我可怜的若涵……

蓝震霆，我绝对不会放过你！我要你尝到痛苦、尝到全家人自相残杀的滋味！

“天啊！雷克斯，你妈妈是艾丽莎，艾丽莎才是你妈妈啊！”尹洛雪惊叫一声。

雷克斯的目光死死地盯着电脑屏幕，随后，他像一截木头一样朝后直直倒去，后脑勺磕在冰冷的床沿上发出“咚”的一声。

他终于明白了，为什么艾丽莎会将他认成蓝轩逸。

第七章
CHAPTER
07
燃烧吧！地狱

（1）

细雨如织，梧桐树叶被雨水冲刷后闪闪发亮，轻轻摇摆着。草丛间传来一阵阵惬意的虫鸣声，有鸟儿振翅从树上飞向天空。

英菲迪尼慢慢地行驶着，雷克斯将两边的窗户摇下来，清风灌进车内，带着车道两边浓郁的梧桐树芬芳。

艾丽莎下意识地嗅了嗅。黑色丝绸蒙住了她的眼睛，她没有试图去解开，因为她知道神秘人在自己身边，自己是安全的。她伸开双手，在空中摸索着，似乎想要抓住微风。

车子慢慢行驶着，宛如在爬行。雷克斯双手握着方向盘，目光却注视着副驾驶座位上的艾丽莎。日式别墅渐渐隐没在后视镜中，雨雾弥漫，掩映在绿树间的别墅像一片幻影。

雷克斯擦了擦眼角，视线变得清晰起来。他将一张音乐唱片放进车内的播放器，红灯闪烁了几下，一阵钢琴声传了出来。

艾丽莎的脸上露出浅浅的笑容，手随着音乐在看不见的钢琴上弹奏着。

路边的风景在悄悄地变化着，高大的梧桐渐渐变少，出现了少量的住宅。雷克斯觉得时间过得很慢，他的旅途刚刚开始。但是他们已经接近了城市边缘，越来越接近艾氏疗养别墅了。

宽阔无人的柏油马路上渐渐出现了车辆，很多行人披着雨衣，撑着雨伞，道路两边有着繁华的商铺。很快，这些景物渐渐消失了，被大片大片的树木代替。

英菲迪尼从另一个城市奔赴而来，穿过繁华地带，又朝着城边而去。下午两点时，英菲迪尼停了下来。

艾氏疗养别墅在雨中沉默着，喷泉池中的白瓷喷头淋着雨，长椅在雨中静默。汽车引擎发出低沉的嗡嗡声，像大群的蝴蝶同时在扇动翅膀。

雷克斯将车窗关上，关掉了音乐。艾丽莎的脸上掠过一丝紧张，她不安地四处张望着，虽然她什么都看不见。

雷克斯拔出钥匙，车内一片沉寂。

雨丝在车窗玻璃上滑过，留下一道道水痕，一切都很朦胧。

雷克斯的喉咙很堵，他深深地呼出一口气，握住艾丽莎的手，放到自己的脸上。

艾丽莎的手很柔软、很温暖，手指纤细，带着淡淡的百合香气。雷克斯让她的手指抚摸过自己的额头、眉毛、眼睛、鼻梁、嘴唇……他的眼泪无声地流了下来。

雷克斯的手放开了，艾丽莎抚摸着雷克斯的头发，拍了拍他的脸，发现了他脸上的泪水，顿时露出惊讶的神情。

她刚想说些什么，雷克斯猛地吸了吸鼻子，打开车门，走了出去。然后走到另一边，打开车门，扶艾丽莎走下车，将一把雨伞塞进她的手中。

艾丽莎茫然四顾，感受到了车外的新鲜空气。

雷克斯深深地看着被蒙住眼睛的艾丽莎，一步步地倒退，轻若无声。雨点落在他的脖子上，一片冰凉。

“你在哪里？”艾丽莎的双手在半空中摸索着，慌张地问道。

雷克斯飞快地上了车，英菲迪尼发出沉稳的轰鸣声，倒车，调整方向，车子驶入了大路。

等艾丽莎将丝绸拿下来，惊讶地看到了父亲的疗养别墅时，神秘人早已不见了踪影。她发现雨伞的手柄处贴着一张字条，上面写着“不要告诉蓝震霆你已回家”几个字。

英菲迪尼朝城市的另一端开去，如同一道蓝灰色的闪电划过街道。

在尹洛雪家的楼下停了一会后，雷克斯将一个用牛皮纸包起来的盒子拿出来，上了楼。楼梯间很暗，电梯旁依然立着“电梯已坏，请走楼梯”的牌子。

雷克斯沿着楼梯走上去，在尹洛雪家的门口停了下来，将包裹放在邮箱上，又看了看黑色的防盗铁门。

“别走……”尹洛雪站在铁门后，对他伸出手，眼神透着哀求。

他打了一个激灵，再仔细一看，铁门后空荡荡的，什么也没有。他转身走下楼梯，回到车中。这时，雨幕中出现了一个熟悉的身影，她双手顶着公文包，消失在楼梯口。

不一会，尹洛雪冲了出来，手中拿着一个包裹，目光焦急地四处寻觅。

包裹已经拆开，露出里面的防水资料夹。尹洛雪的手中还捏着一张字条，字条在风中抖动。

雷克斯静静地看着她，只要他打开车门喊一声，他们就能相见。但雷克斯只是坐着，看着尹洛雪沿着小路寻找着自己，朝公寓住宅区大门跑远。

雨变小了一些，雨滴拍打着车窗玻璃，雷克斯发动了车子，从另一条路驶向后门。

雷克斯打开车窗，大颗的雨滴争前恐后地进入车内，打湿了他的衣服。他面无表情地望着前方。

尹洛雪：

这个包裹里所有的资料都是我搜集到的证据，有人证、物证，有录音、照片，还有视频。我总结了蓝震霆的三宗罪。

第一宗，十年前，蓝震霆为了骗取保险金，故意纵火造成惨案。

第二宗，艾特丽集团的新产品“艾丽儿”致癌物含量严重超标。

第三宗，在没有通知股民的情况下，蓝震霆私自抵押和转让全部股票。

你马上将证据转交给检察院与商务银监制裁会，务必尽快向他们说明情况，蓝震霆随时有逃走的可能。你不用问我为什么不亲自去做，因为我的时间不多了。

我走了，不要来找我，这一切终将了结，谢谢你为我做的一切。

另：艾丽莎已安全到家。

雷克斯

手机铃声响起，屏幕上“尹洛雪”三个字不停地跳动，雷克斯凝视着屏幕，按下了关机键。

英菲迪尼沿着大路呼啸而过，溅起朵朵水花。

雷克斯回到别墅时，罗威一脸兴奋地告诉他蓝震霆答应了他们的收购条件。

“他约我们一会去签约。”罗威来回走动，激动地喃喃自语，“只要他的钱一进我们的账号，他就完了！我把签约地点约在百合谷若涵的墓前，虽然他很不情愿，他当然有些不情愿，但是他必须来，他没有选择。我必须要让若涵看到这一幕！”

雷克斯默默地看着罗威，雨水从头发上流下来，落在了地毯上。

罗威终于注意到雷克斯一直没说话，于是停住脚步问道：“雷克斯，你怎么了？”

雷克斯动了动嘴唇，轻声说道：“没什么，我只是有点累。”

“最近辛苦你了，你立了大功，等今天签约后，我们好好庆祝一番。”

“庆祝什么？”雷克斯深深地看着罗威，似乎要看到他的心底去。

罗威有些莫名其妙地看着雷克斯：“当然是庆祝我们的胜利，庆祝我们击败了蓝震霆，搞垮了艾氏一家！”

搞垮了艾氏一家……是啊……

雷克斯的心裹着一层冰，心脏几乎要冻僵了。他动了动嘴唇：“恭喜你

了，罗威。”说完，他转身走上二楼。

“你去干什么？我们马上要出发了！”罗威对他的背影喊道。

“换件衣服。”雷克斯没有回头。

关上卧室门，雷克斯靠着门站了十几秒钟，然后慢慢地走向床边，脱掉被雨打湿的衣服，换了一套干净的。他拉开枕头的拉链，从里面掏出一把银色钥匙，然后半蹲在地上，拉开床头柜下带锁的抽屉，小心翼翼地拿出抽屉最里面的木盒。

木盒带着密码键盘，雷克斯轻轻地按下几个椭圆形按钮，盒子盖弹跳了一下。雷克斯将盒盖揭开，黑色绒布上躺着两支小手指粗细的针筒。雷克斯拿起一支，晃了晃，明黄色的液体闪着锐利的光，针筒上仿佛残留着罗威的手指温度。

那个深夜，罗威将这支针筒递给他，他一直留到现在，他总觉得还会派上用场，果然，他的直觉是正确的。

雷克斯自嘲地轻笑一声，拿起另一支针筒，这是一支全新的没有用过的针筒。他取下针头，将两支针筒对准，推动装满剧毒液体的一支，朝另一支注射进去。很快，剧毒液体被均分在了两支针筒中。最后，雷克斯拿起针头，拧了上去。

他凝视着两支针筒，透亮的液体分外清澈，仿佛纯净的琥珀。雷克斯没有一丝表情，眉头深锁，漆黑的眼眸注视着这瞬间可以结束人的生命的毒素。他将两支针筒包在一个纸袋中，放进了外套的内兜里，起身朝卧室外走

了出去。

（2）

从商务银监制裁会出来后，尹洛雪的心情没有一丝喜悦。虽然她知道蓝震霆即将受到应得的惩罚，但她丝毫没有胜利的喜悦。

灰色的云层厚厚地堆积着，仿佛尹洛雪心头积压的乌云，她沿着街头漫步。一个小时前，她找遍了公寓小区的每个角落，最终确定雷克斯早已离开，便不停地拨打雷克斯的电话，可是对方关机了。

强烈的不安从她的心底涌起，她重新打开那张字条，上面的字迹十分整齐，是雷克斯想好了后认真写下的。

雨势渐弱，云层依然堆积在天边，层层叠叠，不漏一丝光亮。

尹洛雪走进街心公园，这时没什么游人。她在一个避风凉亭里停住了脚步，坐在木椅上。风吹乱了她的头发，凉凉的头发轻轻地拍打着她的额头。

空气中散发着一股泥土的味道，凉亭下的人工荷花池里散发出一股青苔的腥味。她想起了游乐场的人工湖，灯塔投射的光束，以及雷克斯流着泪的眼睛。

他曾被迫差点亲手杀掉自己的妈妈，他差点犯下魔鬼般的罪行。

一想到这里，尹洛雪就呼吸加促、心惊胆战起来。

罗威，这个已经变成疯子的男人精心培养雷克斯，目的就是为了让雷克

斯亲手毁掉自己的亲生父母。雷克斯一直将他当成最亲近的人，却被他恶毒地种下了一个雷克斯不该有的仇恨。

尹洛雪在雷克斯留下的字条里找不到任何表明他去向的蛛丝马迹。

我的时间不多。

这一切终将了结。

时间不多……了结……

天啊！雷克斯到底要做什么？难道……

他去复仇了？找真正的仇人复仇？

不会的，尹洛雪连连摇头，将这可怕的想法排除了。

他不可能那么傻，他刚刚得知自己的身世，一切才刚刚开始，怎么可能突然结束？可是有何不可能？要知道，他亲手参与了绑架艾丽莎的每一个环节，在他做出决定的一瞬间，他的双手就沾上了罪恶。

现在该怎么办？怎么办？

尹洛雪咬着嘴唇，字条上的一行字浮现在她的眼前——艾丽莎已安全到家。

对，艾丽莎！

尹洛雪将字条匆匆叠起塞进兜里，疾步走到路口，挥手拦了一辆出租车。

艾氏疗养别墅大厅内传出一阵啜泣声，但与之前不同的是，此刻的哭声透着极度的喜悦。

蓝轩逸抱着母亲久久不肯松手，仿佛只要一松手她就会再次消失。艾思哲的热泪顺着脸颊流下来，女儿的突然出现像一针强心剂，艾思哲竟然可以颤颤巍巍地坐起来了。他背靠着柔软的靠枕，紧紧地握着女儿的手。管家准备着下午茶，不时地抹着眼角的泪。

艾丽莎一边安慰蓝轩逸和艾思哲，一边将自己的经历详细地讲给他们听。

“这么说，绑架妈妈的人并没有伤害您的意思？”蓝轩逸惊讶地问道，“难道他只是吓唬我们？”

“我觉得不是。”艾丽莎摇了摇头，“他们有两个人，最后将我挪到安全地方的是其中一个高个子。”

“妈妈还能记得他的模样吗？”

艾丽莎摇摇头说：“别说记得了，我根本连他长什么样子都不知道。第一次见到他时，他戴着黑色面罩，当时在地下室，他靠了过来，我感觉自己可能会被杀死。”

蓝轩逸紧紧地抓住艾丽莎的胳膊，艾丽莎笑着摇了摇头。

“后来我眼前一黑，晕过去了。等我醒来的时候，发现自己在一个明亮的房子里，是一处幽静的别墅。那个高个子出现时总是戴着面罩，我从来不知道他长什么样子，不过……”艾丽莎似乎想到了什么，迟疑了一下，看着蓝轩逸，“我抚摸过他的脸，第一次摸到他的脸时，我吓了一跳，还以为是你。”

“我？”蓝轩逸露出惊讶的表情。

“我不知道，只是那个人的眉毛、眉骨、鼻梁的高度，还有下巴和脸型和你实在太像了。”艾丽莎伸出手在儿子脸上轻轻地抚摸着，“但是他从不说话，一直到我被送到疗养别墅，都没见过他的样子。”

“是他将你送回来的吗？”蓝轩逸问道。

艾丽莎点了点头。

“不管他是谁，至少他没有伤害你。”艾思哲的热泪又滚滚而下，艾丽莎轻轻地握着父亲的手，眼泪夺眶而出。

“爸爸什么时候回来？居然忘了告诉他这个消息。”蓝轩逸猛地惊醒过来，拿起电话。

艾丽莎的脸上闪过一丝异样的情绪，她按住电话说：“别打。”

蓝轩逸惊讶地望着母亲。

艾丽莎想了想，缓缓说道：“至少现在先别告诉他。”说着，她将一张叠得整整齐齐的字条拿出来，展开，露出上面的字，“这是他留给我的字条，我想一定有他的道理，你知道你爸爸去哪里了吗？”

“听秘书说他去了百合谷，不过那不是墓园吗？”

“别提那个浑蛋！”艾思哲愤怒地说道。

艾丽莎惊讶地看着父亲，蓝轩逸有些尴尬，无奈地告诉了母亲她不在时发生的一切。

“私生子？雷克斯？”艾丽莎不敢相信地捂着嘴。

“他选在您失踪的时候上门捣乱，爷爷心脏病突发也有他的‘功劳’，后来他一心帮爸爸卖掉艾特丽集团。真没想到他是这种人，我早该看透他的。”蓝轩逸愤恨地说道。

“你错了，雷克斯不是这种人！”一个声音在门外响起。

众人转过头，看到了门口的尹洛雪。尹洛雪走进来，头发濡湿地贴在额头上。

“雷克斯是真正拯救了艾氏的人。”她目不转睛地看着在场所有人。

尹洛雪花了整整一个小时的时间，将事情的真相说了出来——

二十三年前罗若涵的死亡，罗威处心积虑的复仇计划，不明自己身世的雷克斯一再被罗威利用，在最后关头却无法下手，而是将艾丽莎带到了相邻的城市。

艾丽莎一直紧紧地抓着蓝轩逸的手，艾思哲也睁大眼睛瞪着尹洛雪。

“震霆他……这么多年来，我一直以为我是他的初恋，他从来没提过一个字……”艾丽莎感到非常震惊，“天啊！那孩子……那孩子怪不得……怪不得他曾经问过我为什么要害死他的妈妈。天啊！竟然是那孩子！”艾丽莎面色苍白地捂着胸口。

“你是说雷克斯和我是亲兄弟？同父同母？”蓝轩逸难以置信地问道。

“你和他一样也是试管婴儿。”尹洛雪仔细解释道，“我可以提供所有的资料，罗威为罗若涵实施手术时，我妈妈在他身边当助理，记录了所有的事。罗威的目的就是让你们全家人互相仇恨，他利用不明真相的雷克斯达成了目的。”尹洛雪轻声说道，“他太可怕了，他是个疯子！”

艾丽莎颤抖地站起来说：“我要去找他，我要找到那孩子！”

“这就是我来找你们的原因。”尹洛雪说道，“雷克斯关了机，他只留了一张字条让我别去找他。我怀疑他去找罗威复仇了。自从发现事情的真相后，雷克斯的情绪就一直很不稳定。我很担心他，我猜他去找罗威了，但是我不知道罗威去哪里了……”

“我知道他去哪里了。”蓝轩逸突然站起来，眼里迸射出无数道利剑般的光芒，“之前雷克斯自曝身份后，我去调查了罗威的背景，罗威的妹妹罗若涵葬在一个叫百合谷的墓园里。今天我爸去了百合谷，这不仅仅是个巧合，一定是罗威约了我爸。如果他们都在百合谷……”

“我得马上去！”尹洛雪跳起来，飞奔出去，蓝轩逸和艾丽莎紧跟其后。

“我认得路，快上车！”蓝轩逸拉开车门，尹洛雪坐进副驾驶位置，艾丽莎也坐了进去。轿车离开了别墅，朝大路疾驰而去。

（3）

雨已停，百合谷一片幽静，一棵棵高大茂盛的槐树和红松静静地伫立

着。红松的针叶尖挂着晶莹的水珠，不时滚落下来，掉在柔软的草坪上。几从低矮的野玫瑰旁露出一个洁白的墓碑，墓碑下方的石台上放着三束火红的蔷薇花。

“雨停了，我们该谈正事了。”蓝震霆将黑色的雨伞收起。

雷克斯似乎没有听到，仍然撑着伞。他注视着墓碑上那张小小的照片，照片上的罗若涵带着温柔的笑容。

这笑容曾多少次走进他的梦中、他的心里，是这个女子孕育了他，即使他身上没有一丁点她的基因。但是从安慧心的日记中，从罗威的记叙中，雷克斯可以知道罗若涵是一个多么重感情的人。也许她去世是一件好事，因为一旦某天真相暴露，她发现自己倾心爱着的孩子和自己一点血缘关系都没有，那她该如何承受？

罗若涵，你也被罗威骗了，但是你被骗，得到了幸福，而我呢？

雷克斯露出一丝苦笑。

我得到的只是恨，来自罗威的恨，来自艾氏的恨，来自蓝轩逸的恨，来自蓝震霆的恨。我是为仇恨而出生的人，那么也必将为仇恨而死去。

雷克斯收紧了外套，内兜中两支针筒隔着薄薄的衬衫，摩擦着他的皮肤。是的，一切都将在今天了结。

“雷克斯，我们商量一下合约的事吧。”罗威拍了拍他的肩膀。

雷克斯回过神，将目光收回，露出一个灿烂的笑脸：“好啊，我们来商量一下吧。”

“我们在哪里签？不会就在这里吧？”蓝震霆四处张望着，不满地说道。

“需要我帮你布置一个野外会议室吗？”罗威冷冷地说道。

蓝震霆烦躁地摆摆手，似乎在赶走一只讨厌的苍蝇，语气生硬地说：“不需要，如果合约浸湿了可不能怪我，这里到处都是水。”他又低声咒骂了一句。

“走出墓园，去车里签。”罗威将雨伞收起，沿着长满野玫瑰的小径走过去。

蓝震霆嘟囔着跟了上去。

“等一下。”雷克斯的声音不大，但十分清晰。

罗威和蓝震霆转过身，站在原地。

“签约之前，我有一些事情要告诉你们。”雷克斯冷冷地看着面前这两个他这辈子最恨的男人。

“有什么事等签约后再说。”说完，罗威转过身准备走。

“必须现在说。”雷克斯口气生硬地说道，这是他第一次顶撞罗威。

“没有什么比签约更重要的。”罗威加重了语气，责备地看了雷克斯一眼。

雷克斯一动不动，说道：“我说过，必须现在说。”

罗威愣住了，有些反应不过来，半天他才意识到雷克斯是在反抗自己。

“我是收购方的代表，我缺席签名的话，合约是无效的。”雷克斯定定地看着他们。

蓝震霆疑惑地看了看罗威。

“你在搞什么鬼？雷克斯，赶紧过来！关键时刻你捣什么乱？你妈妈在看着你呢！”罗威命令道。

雷克斯的嘴角勾起一丝轻笑，他看着罗威，缓缓说道：“哪个妈妈？”

罗威立刻愣在原地，而蓝震霆则皱紧眉头，目光在两人之间来回扫视。

雷克斯慢慢地走向两人，他头顶上的黑色雨伞就像一朵阴沉的云。

“罗威，你说的‘妈妈’指的是罗若涵，还是艾丽莎？”雷克斯轻轻地说出这句话。

罗威的脸色“唰”地一下变得惨白，身体晃动了一下。

蓝震霆瞪大了眼睛，惊讶地看着他：“你在说什么鬼话，小子？”

雷克斯将头转向蓝震霆，用带着一丝嘲讽的语气说道：“你问问罗威就知道了，你问他，我雷克斯身上流的血是罗若涵的，还是艾丽莎的？”

罗威的嘴一张一合，像濒死的鱼寻求着最后一丝空气。他往后退了几步，脸色已经白到极点。

“罗威，你不要再骗蓝震霆了，他有权力知道我是谁的儿子，不是吗？这边长眠的女士……”雷克斯指了指墓碑，“你为什么不告诉他，我的确是从她的肚中出生的，但是和她一点血缘关系都没有？”

“你……”罗威像是被人勒住了脖子，大口地喘着气。

“你应该告诉我爸爸，二十四年前，你偷偷拿了他和艾丽莎的生殖细胞，移植到了你妹妹的体中，让你的妹妹怀上了我。”雷克斯步步紧逼。

罗威无路可退，靠在一棵红松树上。针叶上的雨水簌簌落下来，像下了一场疾雨，淋湿了罗威干净的西装外套。

蓝震霆瞪大双眼，张大嘴巴，脸色同样十分惨白。

“你还应该告诉蓝震霆，你和我一起绑架了他的妻子，企图让他上当卖掉艾特丽集团。但是当他将最后的救命款汇入我们的账户后，将会发现那笔巨款不翼而飞，而那个实力雄厚的海外公司……”雷克斯抖动着手中的合约，发出刺耳的“哗哗”声，“其实根本不存在！”

（4）

“畜生！”罗威瞪着雷克斯，像一头被放出牢笼的猎豹，朝他张开血盆大口。

“什么？不存在？”蓝震霆惊叫一声，摊开手中的合约，上下打量着，又将目光放在罗威的脸上，突然像是明白了什么，扑向罗威，大吼一声，“是你干的？都是你捣的鬼？你杀了丽莎！雷克斯……是我和丽莎的儿子？”

“哈哈哈……”罗威避开蓝震霆挥来的拳头，闪到一边，突然大笑起来。他笑得前俯后仰，仿佛压抑了许久，终于被允许笑一回。

他衣冠不整，领带被拽垮，西服外套被扯到了胳膊上，露出洁白的衬

衫。任何一位认识罗威的人看到他这副样子，都会感到惊讶。平时，他言行严谨，很在意着装，而此刻，他像一个小孩子似的开怀大笑。

蓝震霆狠狠地瞪着他，雷克斯则静静地看着他。

“蠢货啊蠢货，一群蠢货！你们都是蠢货！哈哈哈……蠢货！”罗威笑个不停，伸出手指着脸色惨白的蓝震霆，“听到了吧？感觉怎么样？蓝震霆，若涵流产的时候，我只想杀了你，杀了你！不，让你死太便宜你了，若涵站在你们结婚的教堂外看着你……看你抱着新娘……”

听到他的话，蓝震霆浑身发抖，脸色铁青。

罗威继续说道：“她只想要一个你的孩子，若涵啊，我的若涵，你太傻了，蓝震霆有什么好的？”

“所以……所以你答应帮我做试管婴儿手术是为了……”蓝震霆费力地憋出一句话。

“当然是为了得到你们的细胞！你以为我是为了帮你拿到艾特丽集团的掌控权吗？”罗威双眼冒出红色的光，“可是我可怜的若涵流产了，不公平！不公平！她那么想要一个孩子，和你这个浑蛋的孩子……我不得已，我没办法……我只能……”

“你拿了蓝震霆和艾丽莎的细胞，不仅在蓝震霆的恳求下偷偷为艾丽莎做了手术，同时也为你妹妹做了手术。”雷克斯冷静地说道。

罗威颤抖了一下，像是刚发现雷克斯似的：“你终于知道了？哈哈哈……那个胚胎就是你，你亲手杀死自己母亲的感觉如何？嗯？那支毒针扎

进她的身体，你感受如何？哈哈哈……你亲手杀了自己的母亲，你是杀人犯啊，雷克斯！这是报应，我可怜的若涵就是被你杀死的。她在产床上躺了两天两夜，她死了，你却活着！我一定要让你偿还，让你们全家自相残杀！若涵，你听到了吗？我为你报仇了，哈哈哈……”

罗威在灌木丛边手舞足蹈，踩断了好几根花枝。他像是站在嘉年华狂欢之夜的舞台上，尽情地释放着情绪。

蓝震霆的胸口剧烈起伏着，有些站不稳。

“很遗憾，罗威，艾丽莎并没有死。”雷克斯淡淡地说道。

罗威的笑声戛然而止，他停止了狂欢，愣愣地看着雷克斯。

“现在她应该正坐在艾氏疗养别墅的大厅里喝茶。”雷克斯说道，“我根本没有动手。”

罗威看了雷克斯许久，突然发出一声怒吼，朝他冲过来。雷克斯飞快地闪躲，但右边的肩膀依然被重重地撞到，手中的黑色雨伞翩然落地。

“你骗我！”罗威双眼通红，发出凄厉的嘶喊声，“你居然敢骗我！”

“我被你骗了整整二十三年！”雷克斯吼道，“我在你的仇恨中长大，你让我恨自己的妈妈，还让我差点亲手杀了她！是你，是你将我拉入了地狱！”

罗威大口地喘着气，瞪着雷克斯。

雷克斯恢复了冷静，望着罗威的眼神十分柔和，甚至带着一丝同情。他的右肩隐隐作痛，但他依然将右手伸进外套内兜，拿出一个纸包，轻轻打

开，两根针筒出现在手中。

“罗威，我们结束这场悲剧吧，我们没有得到爱，也不要再有恨了。我是有罪之人的牺牲品，如果真有天使，就请把我带走吧……”雷克斯轻声说道。

突然，一道璀璨的金光穿透云层，照在雷克斯与罗威之间的草坪上，像一面金色的镜子，两人隔着镜子看着对方。雷克斯走近罗威，罗威看着他手中的针筒。

“我们会没有痛苦地离开，罗威，我累了，难道你不累吗？”雷克斯的声音无比轻柔，像哄小孩般哄着罗威。他走到罗威面前，拿起了一支针筒，递给了他。

罗威盯着针筒，澄澈的液体在阳光下反射出刺目的光芒。他眨了眨眼睛，打量着雷克斯，脸上的悲喜消失了。

蓝震霆倒退着，惊恐地看着两人。

雷克斯突然直起身子，伸手指着蓝震霆说：“不许走！”

蓝震霆停住脚步，声音颤抖地问道：“你，你要干什么？我是你的爸爸啊……”

“你闭嘴！”雷克斯再次怒吼一声，蓝震霆住了嘴，双腿直抖，“你这种人不配当父亲，你害了两个女人！”

“我……我是无辜的啊，我是无辜的。”蓝震霆摆着双手，连连后退，寻找逃跑的机会。

“蓝震霆，你走不了了。”雷克斯的语调突然放慢，轻蔑地看了他一眼，“你五年前纵火烧厂房，制造致癌化妆品的证据早已到了检察官手里，你别想再害人了。”

蓝震霆的眼中浮现出不可名状的惊恐，他飞速转身朝小径狂奔而去，西装外套被风吹得鼓起，像一张黑帆。

罗威的眼中闪过一道凶光，他一把推开雷克斯，朝蓝震霆追了过去。

“罗威！”雷克斯挡住罗威，却被一把推开。

罗威大喊着蓝震霆的名字狂奔出去。

刚走几步，雷克斯就感觉右臂传来一阵剧痛。他低头一看，在他的右胳膊上插着一支针筒，是他刚才阻挡罗威时，罗威扎入他手臂中的。

针口溢出了黄色的毒液，这种毒药没有任何解药，一旦进入血液，只有亿分之一的存活率。

（5）

雷克斯将针筒拔掉，按紧胳膊，上了自己的车朝两人追过去。

蓝震霆的车早已消失在山脚，罗威的灰色宾利疾驰追去。雷克斯发动了好几次引擎才启动车子，英菲迪尼低吼着，仿佛在为主人悲鸣。

十五分钟后，英菲迪尼在盘山公路边停了下来。蓝震霆的车被逼到了公路的拐弯处，车头朝着红色的路障，车尾停着罗威的灰色宾利。

这是海拔五百米高的山腰，盘山公路一边是高山，长满了树木，另一侧是上百米的山谷深壑。此处曾经发生过事故，还未来得及建立新的护栏，暂时用铁链将红色三角铁障摆成一条线，表示危险。

罗威和蓝震霆在扭打着，蓝震霆的头抵在路障上，罗威掐着他的脖子，用力将他往后推。路障间的铁链发出“哗哗”声，仿佛在提醒有危险。

“罗威，住手！”雷克斯护着右臂下了车，朝两人跑过去。

蓝震霆已经发不出声了，双手在空中乱舞。

“啪——”蓝震霆身后的路障响了一声，倒向深渊。蓝震霆随着路障一同翻了下去，他的手死死地抓着罗威，罗威顿时也不见了身影。

“不——”雷克斯大吼一声，冲了上去。

此时，一辆疾驰的车在他的身后停下，几个人下了车，被眼前的情景吓呆了。

雷克斯没有注意到他们，跪在路障边朝下看。

蓝震霆双手使劲抓着一块凸起的岩石，满脸涨得通红。罗威抱着蓝震霆的腰，猛烈地晃动着，他的意图十分明显，要与蓝震霆一同掉入崖底。

蓝震霆拼命向上攀爬，晃动着身体，试图把罗威甩下去，但是罗威紧紧地抱着他，想将他一同拽入深渊。

“罗威！”雷克斯大吼一声，伸出双臂。蓝震霆的手像吸血水蛭般紧紧地抓住雷克斯的左臂。

“罗威，抓住我！”雷克斯大声喊着，拼命朝下伸出手，终于拽住了罗威在空中狂舞的领带。罗威却依然固执地抱着蓝震霆，并不伸手。

“拉我上去！”蓝震霆双眼通红，拼命地喊着。

“罗威！”雷克斯拽着领带，一阵浓烈的野花香味冲进鼻腔，被蓝震霆拽掉的野花随风飞起，像下了一场花雨。突然，他的左臂一松，一瞬间，他以为蓝震霆掉下去了。等回过神来，他发现蓝轩逸出现在他的身侧，拉住了蓝震霆，将他拽了上来。罗威也随着一点点地上升。

雷克斯一把抓住罗威的手臂，罗威试图抓住蓝震霆的脚，但蓝震霆已经上来了。

“罗威，快点上来……”雷克斯费力地拉着他，蓝轩逸伸出手帮他一起拽住了罗威的衣袖。

此时，雷克斯的右臂传来一阵剧痛，差点松了手。

山风大作，狂乱地吹着罗威，他的西服外套在身后飞起，像长出了灰色的羽翼。突然，一张纸片从罗威的衣兜中飞出，在空中打着转。

那是一张照片，罗若涵的照片。

纷扬的野花坠向深谷，几片花瓣粘在照片上，随即又飞走了，在罗若涵的脸上留下几颗透明的水珠。照片中，罗若涵坐在蔷薇花丛间温柔地看着哥哥微笑，可是那几颗水珠仿佛成了她脸上的泪珠……

“罗威，拉住我！”雷克斯大吼着，“我坚持不了多久，毒针扎进我的胳膊了。”

罗威目光一滞，看着雷克斯，他的目光那么悲凉，充满了无尽的忧伤，

仿佛要将雷克斯的样子深深地刻进自己的脑海里。

罗若涵的照片打旋飞起，在罗威的眼前绕了一圈，朝山谷飞去。

罗威朝雷克斯张了张嘴，身体剧烈地抖动了几下，用力挣脱雷克斯与蓝轩逸的手。他张开双臂，追逐着妹妹的照片而去。无数野花随着飘下，变成缥缈的光点，消失在葱郁的绿色中。

“对不起……”

这是雷克斯听到罗威说的最后一句话。

“罗威——”

雷克斯声嘶力竭地大喊一声，他的声音在山谷间不停地回荡。尹洛雪扶住他的肩膀，他想站起来，可是右臂的刺痛直接传入他的心脏。

一瞬间，全世界从雷克斯的眼前消失了。

他重重地倒在尹洛雪的怀中，告别了所有的喜怒哀乐。

天边突然亮起一道夺目的金光，太阳从云层中冒出了头，千万道金光射了向大地，笼罩在雷克斯的身上。

尹洛雪又看到了那双洁白的翅膀，它挥舞着，飞向了无边无际的天堂……

尾声 EPILOGUE 百合墓园里的幸福

一年后。

百合谷墓园十分宁静，一如既往。

前来吊唁的人并不多，微风拂过槐树林，发出沙沙声，红松静静地散发着沁人心脾的松香，玉簪花已抽出了嫩绿的叶片。

尹洛雪穿着一身黑色的长裙走进墓园，怀里抱着一大束蔷薇，鲜红欲滴的花瓣和翠绿的叶片上落着点点透明的水珠，在阳光下闪烁着光芒。

走过大路，穿过小径，尹洛雪一路静静地走着。小径两旁的野玫瑰舒展着枝叶，浅粉、深红的玫瑰已经绽放，与灌木丛间不知名的杂花野草一起散发着香气。

最后，她来到一座墓碑前，默默地凝视着墓碑上的字，弯下腰，将花束放下。墓碑尚新，未经风雨吹打，洁白的石头中透着一丝丝青色。

“来了。”墓碑旁，雷克斯轻声说道。

“嗯。”尹洛雪点了点头。

“不会耽误你的颁奖典礼吗？”雷克斯蹲下身，凝视着新墓碑上的照片，又将目光落在另一座紧挨着的墓碑上，罗若涵的笑容依然温和。雷克斯这才发现，罗威的笑容与罗若涵是那么相像。

“还没开始，我等你一起去，这是我的第一个‘年度新闻人物’奖，我有点紧张。”

“我会陪你去的。”雷克斯搂着她的肩膀说。

“你的胳膊怎么样了？还发麻吗？”尹洛雪担忧地扶住他的右臂。

雷克斯晃了晃胳膊，笑着说道：“没关系，医生说要坚持运动才好得快，至少还得一年才能完全恢复。幸亏那药过期了，也多亏轩逸，第一时间将我送到医院。还有你，拼命哭，就是死掉也被你哭活了。”

“这里是墓园，不要乱讲话。”尹洛雪笑着捶了一下他的肩膀，嗔怪地看了他一眼。

“没关系，罗威不会怪我的。”雷克斯回头看着新墓碑，照片上是罗威罕见的微笑模样。

“还是笑起来帅气啊。”雷克斯对照片上的人笑了笑，顿了顿，对尹洛雪说，“你先在那边等我，我马上就走。”

尹洛雪点点头，留给雷克斯与罗威单独相处的空间。

雷克斯坐在草地上，凝视着罗威的照片，说道：“上周有个律师跑来找我，我被吓到了，还以为我惹了什么大事。后来才知道，原来是你的律师，说你将那百分之五的股份转移到了我的名下，律师说你一年前就这么办了。我知道你是关心我的，只是一直没有说出来，也没有表达出来，对吗，罗威？”

“没想到你最后和我说的话会是‘对不起’，从小到大，除了罗若涵，你再也没有对第二个人说过这三个字。其实我不怪你，反而要谢谢你的‘魔术之手’给了我生命，还养育了我这么多年。我现在很好，大家都原谅我了，你放心。”雷克斯顿了顿，然后叹了口气，“罗威，你是不是打算复仇后就去找你妹妹的呢？”

罗威没有回答，只是笑着。

风不断从远处吹来，穿过树林，雷克斯头顶上的红松树发出轻柔的沙沙声。

“好了，我走了，下次再来看你，记得要多笑一笑！”雷克斯站起来，拍了拍身上的草叶。

墓碑上的罗威默不作声，依然只是微笑，

雷克斯踏上小径，走了几步，回头朝两座墓碑看去。

两座墓碑立在绿色的草丛中，依偎在一起。灿烂的阳光轻轻地洒在白色墓碑上，反射出纯净的光芒。火红的蔷薇紧靠着墓碑，仿佛被一只看不见的手紧拥在怀。

雷克斯穿过小径，踏上青石板大路，走出了墓园。

百合谷恢复了静谧，有几只绣眼鸟飞过树冠，留下清脆的鸣叫声。微风吹过大片红松树林，发出如同海潮般的树叶碰撞声，仿佛有人在林中深处低声絮语……

沙沙——

沙沙——

沙沙——

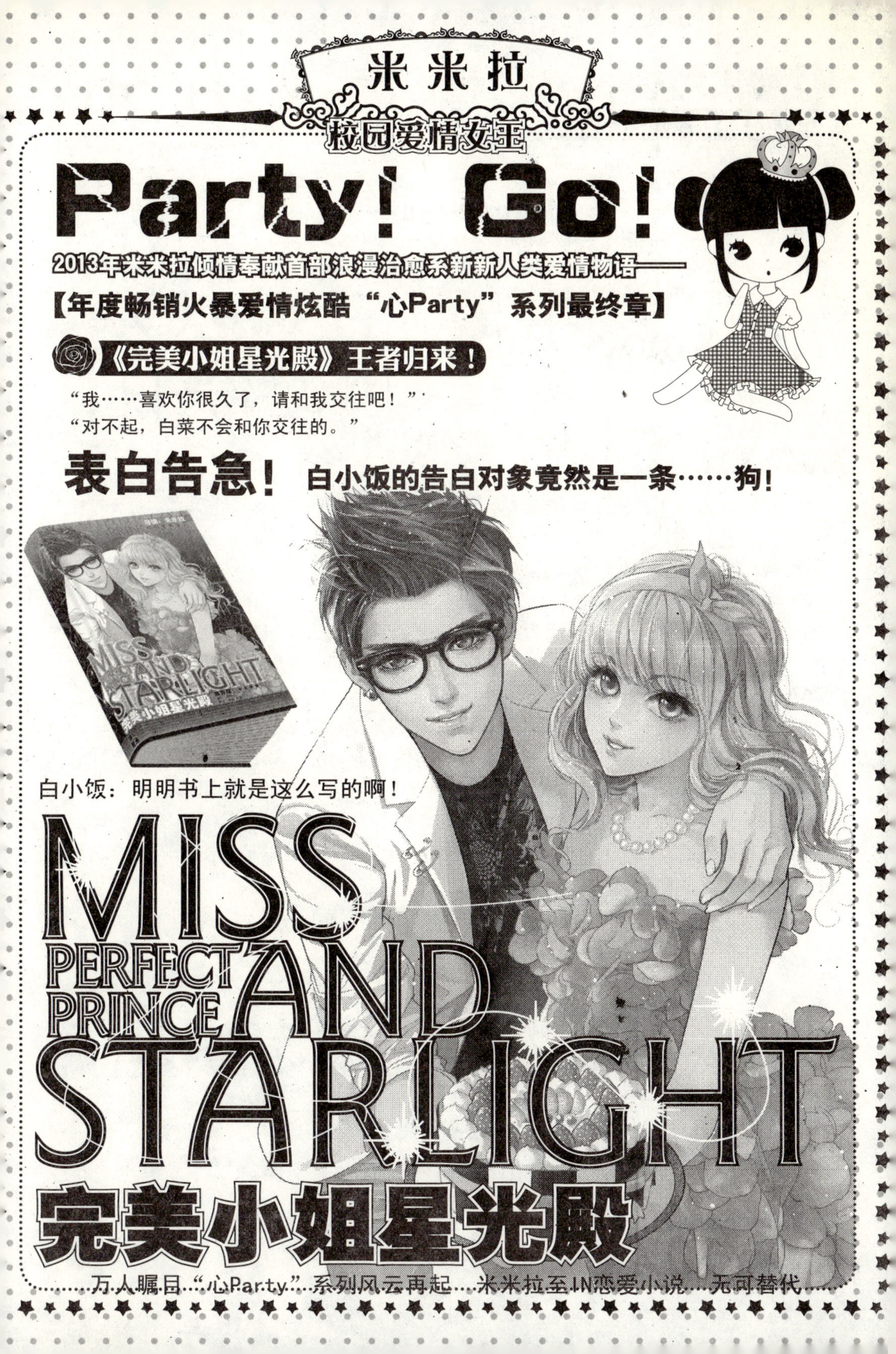

行动代码：

007的秘密“潜伏”

如果天国也曾悲伤

小妮子 著

RU GUO TIAN GUO YE CENG BEI SHANG

行动内容：

当当当！全宇宙最伟大最敬业的卧底007再次华丽登场！可爱的妮迷们，你们是不是很想知道妮殿下的最新消息啊？

哈哈……本密探这次一定会使出浑身解数，不打探到绝密消息誓不罢休！最最亲爱的星家族们，你们就等着我的好消息吧！

Now, move on!

“潜伏”现场

哇！妮殿的工作室里弥漫着春天的浪漫气息，看起来就像童话里的城堡一样梦幻。我们最爱的妮殿下坐在落地窗前，好像从森林里走出来的仙女，脸上洋溢着幸福的笑。

007（惊艳的表情）：“妮殿下笑起来好美啊！妮殿下，是什么让你这么开心啊？”

妮殿下（满足的微笑）：“因为今天我又接到了《如果天国也曾悲伤》加货的消息啊！”

007（鼓掌！）：“哇！祝贺妮殿下！《如果天国也曾悲伤》真的好好看！很多读者说他们都看哭了呢！”

妮殿下（满脸幸福）：“嗯嗯！好多读者写信说，看完《如果天国也曾悲伤》后掉了很多眼泪，所以——我决定要送支持“天国3”的读者更多的惊喜！”

007（两眼放光）：“什么惊喜？妮子姐姐，有什么大惊喜啊？”

妮殿下（甜甜的微笑）：“007，嗯，就由你来负责宣布这些惊喜吧，呵呵，这个重要的任务就交给你了哦！”

妮殿递给007一张粉粉的卡片，便像仙女一样飘走了……

“潜伏”结论

全宇宙的妮迷们！围观！撒花！大声欢呼吧！

《如果天国也曾悲伤》的销量实在是太有爆点啦，各大书店不断传来断货的消息，所以公司决定**加印！加印！再加印！**

《如果天国也曾悲伤》的礼品也随之**增加！增加！再增加！**

IF THE PARADISE IS ALSO SAD

《如果天国也曾悲伤》最炫目活动奖品评选大会

大会进行中……

经过一番异常激烈、碰撞出无数火花的讨论，大会的评委们终于评选出了本年度最受瞩目的活动奖品！

掌声！

史上最浪漫最梦幻的奖品：樱桃项链

获奖理由：名为“维纳斯之心”的樱桃项链是《如果天国也曾悲伤》里许翼和希雅的定情信物，传说拥有了“维纳斯之心”的人就能得到爱神的庇佑哦！

活动详情：只要购买“天国”书系（《来自天国的交换日记》+《我在天国遇见你》+《如果天国也曾悲伤》）合影拍照并且 **@ Merry小妮子**，就有机会获得书中定情的“樱桃项链”！

全银河系最受期待的奖品：小妮子最新写真签名照

获奖理由：在万千妮迷的心中，小妮子当然是最漂亮最有气质的女王啦！只要看到最喜欢的小妮子的照片，心情瞬间就能变得快乐起来！而且，这还是小妮子亲笔签名的哟！

活动详情：“天国”系列《如果天国也曾悲伤》超大豪华海报2013年1月全国发放！只要你找到拥有此书的书店，并拍摄该书店中张贴的“天国”超大海报及周边环境，并将照片 **@Merry小妮子 @魅丽优品**，即可赢取“小妮子最新写真签名照”！

全宇宙人气最高的奖品：成为小妮子的QQ好友

获奖理由：想不想及时了解小妮子的最新动态？想不想和小妮子单独聊天？成为小妮子的QQ好友，这是全宇宙唯一仅有的限量名额哦！

活动详情：只要你拍下自己和《如果天国也曾悲伤》的合照 **@Merry小妮子**，就有机会得到小妮子特意为大家准备的签名写真照，并且还有机会成为小妮子的QQ好友哦！

还有还有哦……

哇！有没有很心动的感觉呢？

如果以上礼物你都还没有得到过，那还等什么？抓紧时间参加吧！如果以上活动你都不幸错过了——

没有关系，由于《如果天国也曾悲伤》掀起了新一轮的销售狂潮，公司考虑延长以上活动的时间并追加奖品的数量！

除此之外，我们还准备了更多更炫目的活动和奖品！

还有更丰厚更让你惊喜到尖叫的礼物哦！

想要吗？

那就**赶快去买《如果天国也曾悲伤》，赶紧来参加这些不容错过的活动吧！** 更多劲爆礼品在等着你哦！

活动详情请关注小妮子的新浪微博，妮殿下会告诉大家最新的活动信息哦！

小妮子 著

魅丽优品明星作者

樱空之雪

YING——KONG——ZHI——XUE

THE SHOW OF CHERRY SKY

“妮迷”福利大放送！

首度独家公布小妮子2013年开年首部进行时小说的机密文件！

满足你所有的好奇心！

一号机密文件大爆光

——2013年小妮子新书主要人物名片大放送

姓名：林末亚

性别： 女
年龄： 17岁
身高： 160cm
性格： 任性，有点小霸道，爱幻想，活泼乐观
外号： 白痴，幼稚园小朋友，小不点
喜好： 草莓芝士蛋糕、芒果冰激凌和向日葵

姓名：藤井寒

性别： 男
年龄： 17岁
身高： 180cm
性格： 理性，冷漠，毒舌，时间观念很强，对待任何事物都很认真
外号： 大木头，臭木头
喜好： 植物（最喜欢勿忘我）

姓名：西川凉

性别： 男
年龄： 17岁
身高： 177cm
性格： 个性叛逆，脾气火暴
外号： 喷火大暴龙，凉
喜好： 玩赛车，打游戏

姓名：熊禾禾

性别： 女
年龄： 16岁
身高： 162cm
性格： 温柔善良，处处为别人考虑
喜好： 看和医学有关的书籍

看完了人物名片之后，是不是很想知道这些人物将要上演怎样的精彩故事？敬请期待2013年小妮子开年首部进行时大作……

2013年继《如果天国也曾悲伤》之后，改良版终极催泪弹，

正在紧锣密鼓制作中……

米米拉

2013年，你可以闹个绯闻，还可以买个王子！

经典米氏文字爆笑登场，让你舍不得看到结局！

YE BINGLUN ZHU

叶冰伦 著

新生代叛逆女生

她们，谁比谁更坚强？

PK

《转眼，青春散场》

《再见，小时候》

她，

在最幸福的时刻，父母离异让曾经所有的美好生活都被全盘推翻和否定。

她，

在最灿烂的年华却面对抛弃，被疼爱了十八年后，却遭遇父亲一夜之间态度转变。

她，

在经历恋人的背叛之后，亦被命运所捉弄，原本年轻的生命在意外之后即将走向终结……

她，

失去双亲的呵护，学会努力和承担；

为了保护弟弟，不断地打架，成为众人眼中的坏女孩。

她，

为了深爱的恋人，即使遭遇背叛也一次次地选择相信和原谅，哪怕最后被伤害到体无完肤。

她，

为了朋友，甘愿失去自我。却在谎言和骗局中被淹没窒息。

《转眼，青春散场》

她以积极和向上的姿态，承受着命运的黑色旋涡。在亲人、爱人、玩伴逐渐远去之后，她，还能坚持多久？

《再见，小时候》

她如杂草般的坚韧，成长于青春年少的残酷世界之中。在这个冷漠虚伪的世界中，她，将如何面对，蜕变重生？

叶冰伦，用最震撼人心的青春文字，
独家追忆刻骨铭心的青春时光，揪心讲述属于你我的失落悲伤。

当小时候已经远去，青春已然散场，
坚强，是我们唯一生存的方式！

奈●奈
青春纯美物语新锐

可爱·妖精·问世　恶作剧的愿望
史上最"阴谋"的求爱方案开启！
妖精事务所——本期关键词：许愿
如果有人拿出三个古怪的钱包给你选择，你会选哪一个？
很抱歉，虽然恶作剧的选择让花穗赢得了一时快感，不过因此得罪妖精也是要付出代价的。
许愿失败不仅仅代表着愿望不能实现，更代表着你将被妖精施下古怪的诅咒。
所以，这个故事告诉你的人生第一信条是——不要轻易许愿。
但，事故已经发生，可怜的悲剧人生无法挽回了。
U.S.ARMY
SEVEN
天使七号殿
ANGEL HOUSE
花穗被妖精施下的诅咒究竟是什么？
她又将怎样拯救自己的命运？
《天使七号殿》，继《世界第一王子殿》后，
即将展开第二波最窘迫的少女追爱之路！
继《世界第一王子殿》后，"妖精事务所"系列第二部《天使七号殿》
如草根的坚韧女生+最粗心的妖精打工者，组合出最新鲜的魔法爱情元素。
善良、纯净、帅气的幸运男孩，看你往哪里逃！
被恶搞的命运，注定我们在妖精传说中相遇！

校园纯爱偶像
慕夏
最值得你收藏的
极致浪漫宣言
夏日浅笑
SUMMER SMILE
我们走过的斑驳阳光，勾勒出我们斑斓的身影！
生命中最美的那一天，随着时间沉淀成最美的回忆。
慕夏：这是我们——
《夏日浅笑》的青春相册！
每一张照片，都是一种别样的记忆。
每一张照片，都是一份心情的故事。
每一张照片，都是一段肆无忌惮的爱情。
我恍然大悟点点头，激动地一抬头，险些和祁郁近在咫尺的脸碰上。
那么近的距离，以至于我能够看清楚他的睫毛。我的心扑通扑通狂跳不止。
SUMMER SMILE
SUMMER SMILE
SUMMER SMILE
SUMMER SMILE

艾可乐
少女的爱情小巫师
2013年最甜蜜浪漫的爱情密码——魔法咒语
艾可乐/创制
Witch Bloom Can't
魔女不开花
这个世界上，有一种让人心跳加速、性情大变的古老而神秘的咒语，一旦你被人使用它，就会在愉悦、焦虑、欢乐、伤心的情形下变得怪异莫名！
但是，人们都对这种咒语趋之若鹜，拼劲全力想要学习和使用它，
因为，它能为你带来无尽的快乐和永恒的美丽。
秘籍一：《恋人两千岁》
谁都没有想到，喜欢捡东西回家的太菲会捡回一只脾气超级差的霸道“木乃伊”！更加悲剧的是，这个有着完美容貌和黄金比例身材，自称是两千多年前的法老王的男生竟然对她下了可怕的“诅咒”，如果不听从他的命令，她就有可能变成比鼻涕虫还可怕的生物！
为了解除诅咒，重回平静的生活，太菲一定要……百分之百诚恳地伺候好那位怪脾气的殿下！
超可爱少女唐太菲与传说中的“木乃伊”王子的爆笑生活拉开帷幕！
秘籍二：《魔女不开花》
那个男生的头上……开出了花。
菜鸟魔女夏雪儿的一次魔法失控，让冰山大魔王端木夜辉的头上开出了美丽的花。
为了解决这个超级麻烦的问题，她不得不让他住进了自己的房子。
一场以魔法开始的同居，却有着绝对不平静的过程。
一种爆笑之下的感动，一段离奇的魔法奇缘——
这一次的超浪漫华丽恋爱，是属于菜鸟魔女夏雪儿的！
现在，千载难逢的咒语秘籍即将面世！你想学习它吗？

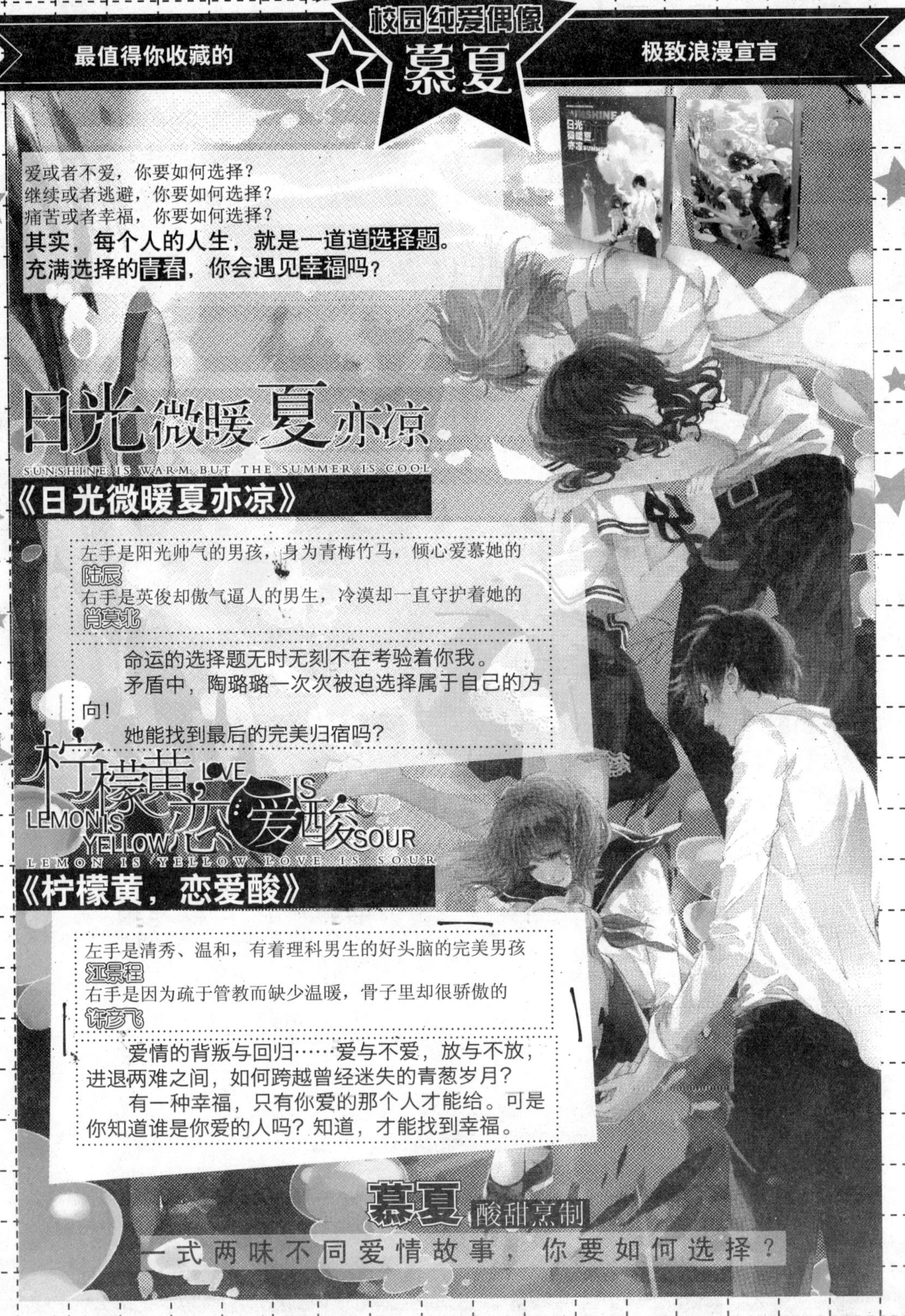
校园纯爱偶像
慕夏
最值得你收藏的
极致浪漫宣言
爱或者不爱，你要如何选择？
继续或者逃避，你要如何选择？
痛苦或者幸福，你要如何选择？
其实，每个人的人生，就是一道道选择题。
充满选择的青春，你会遇见幸福吗？
日光微暖夏亦凉
SUNSHINE IS WARM BUT THE SUMMER IS COOL
《日光微暖夏亦凉》
左手是阳光帅气的男孩，身为青梅竹马，倾心爱慕她的
陆辰
右手是英俊却傲气逼人的男生，冷漠却一直守护着她的
肖莫北
命运的选择题无时无刻不在考验着你我。
矛盾中，陶璐璐一次次被迫选择属于自己的方向！
她能找到最后的完美归宿吗？
柠檬黄，恋爱酸
LEMON IS YELLOW LOVE IS SOUR
《柠檬黄，恋爱酸》
左手是清秀、温和，有着理科男生的好头脑的完美男孩
江景程
右手是因为疏于管教而缺少温暖，骨子里却很骄傲的
许彦飞
爱情的背叛与回归……爱与不爱，放与不放，进退两难之间，如何跨越曾经迷失的青葱岁月？
有一种幸福，只有你爱的那个人才能给。可是你知道谁是你爱的人吗？知道，才能找到幸福。
慕夏 酸甜烹制
一式两味不同爱情故事，你要如何选择？

小妮子畅销经典点亮真爱季节

一部部停驻在你手中的小说，一个个走进了你心里的故事！

小妮子

精选集书目：

《蔷薇的第七夜》I II III

（与桃子夏合著）

《第九天堂：记忆之卷》

《第九天堂：冢爱之卷》

《第九天堂：冷殇之卷》

《格瑞特妖怪学院·火焰纹章之卷》

《格瑞特妖怪学院·血月银魂之卷》

《第13次我爱你》①②

超越一亿的畅销奇迹

感动千万次的美丽

纯恋季典藏版浪漫纸上偶像剧

2007-2010年度最拉风的爱情童话联盟

《小妮子文集》III

——人气精选重燃初爱之魂

典藏版附加全新精美彩插&时尚韩式纯美包装！

文图唱和，绽放这一场璀璨盛宴！

超完美飓风男友
超妖孽纸箱男友
复活吧女王陛下
恋爱倒数100
恋爱啪啪啪
寻爱倒数100
超白痴甜心男友
恋爱圈心术

X——魔王·西塞

他是一个极其张扬却又异常低调的人。在这个学院里，大多数人讨厌他、畏惧他，只有很少的人喜欢他。但是只要你喜欢上他就会喜欢到无法自拔。畏惧他的人都极端信任他，而讨厌他的人也会不可避免地认可他。他有一个梦想，这个梦想驱使着他去挑战一切。

他就是______骑士学院第一大骑士。以《女王·__________》之名开始他的征途！

GG/Z——高宫朱雀

他是，正统贵族世家的长子；他是，背负着家族重任的男生；他是，一个很优秀同时也很骄傲的男人。他，内心深处有着细腻的感情，深爱着宫城瑶，也一直保护着云雀。他是，被魔王西塞认可的第一骑士！

他就是______骑士学院第一大骑士。以《女王·__________》扭转他的使命！

QX/Q——剑客·秋千寻

他是一个集各种矛盾于一身的家伙。他原本无心于“女王游戏”，但是因为一个关系到尊严的事件，而被激发了斗志，并在此过程中成为了西塞的伙伴。他，在莫名其妙的原因下，被公主任命成为了第一骑士。

他就是______骑士学院第一大骑士。以《女王·__________》完成命运的游戏！

我们曾经的青春，本该留下甜蜜的回忆；
我们曾经的岁月，本该留下彩色的照片；
我们曾经的爱情，本该散发浪漫的馨香；

叶冰伦——用悲伤刻录青春

《你不来，我不走》VS《转眼，青春散场》

谁比谁**更疼痛？**　谁比谁**更坚强？**

然而，当命运的齿轮辗过，当上天的嘲笑响起，当灰色的篇章揭开……
他们，在苦苦挣扎中，能否冲破最后的光明？

SUDDENLY THE DISAPPEARED YOUTH

YOU DON'T COME, I WON'T GO

《你不来，我不走》

他，本该是阳光的少年，
却遭遇了家庭的破碎，遭遇了双亲的冷落。
他，本该拥有青涩却甜蜜的初恋，
却因为冷漠的亲情夭折了火热的爱情。
他，经历两次分离，本该等来最美的结局，
却被畸恋砸碎了有情人之间的信任与希望。
他，本该尽责守护最爱的女孩，
却失手犯下无可挽回的错误。
四度分离，他会等到命运怎样的安排？

2013，《你不来，我不走》

他是——翌阳

SUDDENLY, THE YOUTH DISAPPEARED

《转眼，青春散场》

她，本应有着世上最爱的亲情，
却莫名被疼爱十八年的父亲一夜间抛弃。
她，本该以天之骄女的身份开始大学生活，
却在分崩离析的家庭中发生命运的转折。
她，以为已寻找到了美丽而温暖的爱情，
却在经历恋人的背叛之后，原本年轻的生命即将走向终结……
命运的黑色旋涡中还有多少磨难等着她？
她还能坚持多久？

2013，《转眼，青春散场》

SUDDENLY THE DISAPPEARED YOUTH

一起来撰写我们共同的
甜蜜
小情话
快乐的文字，清纯的心跳。
新鲜、温暖、忧伤、纯美……不容错过
的青春恋曲奏响在春暖花开季。
你我的感动，只为那瞬间融化的甜美！
这是轻吟的温暖小情话—
《恋的号码牌》
什么！河边邂逅鬼少年？
迷恋塔罗牌的古怪少女崔妍希，因为一次偶遇，邂逅了同样古怪的鬼少年。一场奇特的邂逅带来的是，惺惺相惜的彼此陪伴。
打破生活平静的小石子，导致鬼少年带着怨恨离开……
长相一样，气质完全不同的美少年紧接着华丽回归。
他带着什么样的秘密？误会能否让仇恨在时光里搁浅？相处中渐渐萌生的爱恋，能否找到专属的恋爱号码牌？
《45° 天空之
有这样一种幸福，
像是抬头仰望45° 的夏
空，会让你感觉有些耀
有些眩晕，还有一点虚幻
当颜熙雯遇见任令
当错误的表白发生在了
的地点，那本应该懊悔的
会，竟然变成最后甜蜜的
定。
但当事实的真相
点浮出水面，两张相似的
容，两份同样厚重的深情
使得你退她进变成你退
躲，由有着交点的射线变
难以触碰的平行线。
任令扬，颜熙雯，要
样走回属于他们的幸福？
这是送你的清甜小情话——
《恋爱禁止七天》
明明主仆协议上的主人只有一个，为什么她原乐乐却不得不同时应付三个爱找麻烦的美少年？
嚣张的“恶魔”、温柔的王子、耍宝的贵公子，谁是真心，谁是假意？
好不容易再次见到救命恩人，居然是双胞胎？
“鲁西法”究竟是永远无法相见的温柔浅海，还是日夜相守的坏脾气深海？
纯情温馨的夏日恋情，悠然掀开……
《微热梦幻男友》
皮肤黑，是因为受到了恶毒王后的诅咒？
想变白，就要亲吻白马王子的后代？
明明是来帮助自己的“魔镜”，为什么总是拆她的台、破坏她的计划？
面对绝世美少年的告白，她却只想见那个连脸都没露出过的“魔镜”。
当她决定放弃愿望向“魔镜”告白时，“魔镜”的真面目却意外暴露。
原来他竟然是……
扑朔迷离的魔法奇缘，浪漫展开！

魅丽教你快速购书

首先，你可以通过书店买到我们的书！如果他们没有我们的书，你就一次次去问他买，最迟三个月内你就会发现你的愿望达成了，魅丽优品来到了你的身边。

其次：你可以通过网购的方式买到我们的书：

方法一：

魅丽优品官网商城：http://www.merry520.com/shop/

魅丽优品官方淘宝店铺：http://shop63095189.taobao.com/

每月更新优惠购书活动，超值赠品独家供应，最新最全的购书信息同步更新！而且如果你在**这里买书，还会获赠小礼品。说不定你买的书就是签名版！**

方法二：

当当网：http://www.dangdang.com/

2012年魅丽优品与当当网全面合作，更多超低折扣书籍持续更新中！你只要登录当当网，搜索你要买的书就行了！**而且当当网支持货到付款，没办法网上支付的同学们，就上当当吧！**

你还可以通过邮购方式购买到我们的书：

邮购地址：湖南省长沙市开福区黄兴北路89号上城金都南栋21楼2128湖南魅丽优品文化发展有限公司　　金丹（收）

邮编：410005

读者服务咨询热线：0731—84887200-666

通过这种方式购书的同学，你们同样可以获得小礼品以及有机会获得作者签名版哦！

如有疑问，你可以咨询我们：

魅丽官方QQ：980103911

邮购1群：71072176

邮购2群：6331234

邮购3群：22763892

魅丽优品读者俱乐部1群：87401930

魅丽优品读者俱乐部2群：203461132

填写此页并寄回魅丽优品，有机会得到指定作者亲笔回信！

读者调查表

姓名：　　　　年龄：　　　　性别：
QQ：　　　　电话：　　　　地址：

1. 你买的这本书，书名是什么？

2. 买这本书的原因是什么？（可多选）
A. 喜欢的作者　B. 封面和插图　C. 装帧设计　D. 故事简介吸引　E. 被人推荐　F. 赠品　G. 价格

3. 对这本书满意吗？最满意哪几点？
A. 语言风格　B. 故事情节　C. 人物角色　D. 封面和插图　E. 装帧设计　F. 价格　G. 不满意

4. 有没有在魅丽优品的淘宝店铺或魅丽商城购买过本公司的书？
A. 有　B. 没有　C. 知道这两种渠道，但没有买过　D. 不知道这两种渠道

5. 在书店容易买到魅丽优品的书吗？
A. 容易，想买的书都能买到　B. 不容易，很难找到　C. 只能找到一部分书

6. 最喜欢看哪种类型的小说？（可多选）
A. 青春校园　B. 魔幻科幻　C. 都市言情　D. 穿越　E. 悬疑恐怖　F. 热门电视剧改编　G. 其他

7. 平时买杂志比较多还是图书比较多？
A. 杂志　B. 图书

8. 以下哪种因素会成为你买杂志的首选原因？
A. 内容　B. 价格　C. 设计风格　D. 主编　E. 广告　F. 纸张质量　G. 彩页多少

9. 以下哪种因素会成为你购买图书的首选原因？
A. 内容　B. 价格　C. 设计风格　D. 作者　E. 出版社　F. 其他

10. 通常通过以下哪种渠道购书（可多选）
A. 新华书店　B. 大型书城　C. 民营书店　D. 打折书店　E. 报刊亭　F. 书摊　G. 二手书店　H. 网络商城

11. 会购买明星写真集吗？
A. 从不买　B. 只买自己喜欢的明星的写真集　C. 看价钱，如果太贵，就算是喜欢的明星的写真也不买
D. 只要是喜欢的明星，多少钱都会买

12. 你是否认为魅丽优品的图书封面字体太花了，看不清？
A. 是　B. 否　C. 偶尔　D. 你不这样认为，但听其他人反映过这个问题

13. 您会被什么样的图书促销活动吸引？
A. 打折　B. 签售　C. 买一赠一等赠送方式　D. 互动活动获奖　E. 其他

14. 您是否能接受购买旧书？
A. 能　B. 不能

15. 你想得到哪位作者的亲笔回信？

16. 今年看过的所有魅丽优品的书，最喜欢哪一本？

填写此页并寄回魅丽优品，有机会得到指定作者亲笔回信！

填写此页并寄回魅丽优品，有机会得到指定作者亲笔回信！